KB130951

세월

세월

초판 1쇄 2019년 06월 24일

지은이 강병선
발행인 김재홍
교정·교열 김진섭
마케팅 이연실

발행처 도서출판 지식공감
브랜드 문학공감
등록번호 제396-2012-000018호
주소 경기도 고양시 일산동구 견달산로225번길 112
전화 02-3141-2700
팩스 02-322-3089
홈페이지 www.bookdaum.com

가격 12,000원
ISBN 979-11-5622-458-7 03810

CIP제어번호 CIP2019022520
이 도서의 국립중앙도서관 출판예정도서목록(CIP)은 서지정보유통지원시스템 홈페이지(http://seoji.nl.go.kr)와 국가자료공동목록시스템(http://www.nl.go.kr/kolisnet)에서 이용하실 수 있습니다.

문학공감은 도서출판 지식공감의 인문교양 단행본 브랜드입니다.

세월

강병선 시조집

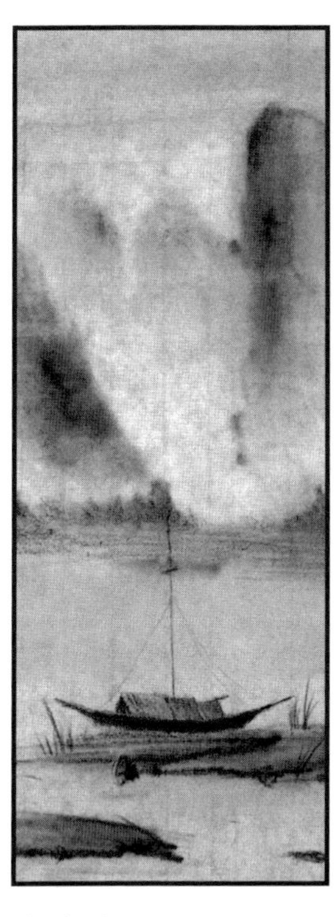

시간을 아끼려고 발버둥을 쳐보지만
어느새 봄날 가고 찬 가을이 오는구나
매정히 가는 세월을 뒷짐진 채 바라보네

도서출판 문학공감

차례

황혼

한

자연

어머니

인생

사랑

사회

세월

봄 여름 가을 겨울

고향

황혼

하루 해

해님이 서산 향해 부리나케 달려간다
발바닥 불난 듯이 한 바퀴를 빙 돌더니
동산에
얼굴 내밀고
일어나라 잠 깨운다.

동산에 해가 뜨면 일어나서 밥을 먹고
서산에 해가 지면 잠을 잤던 육십여 년
저 해가
검은 머리를
파뿌리로 만들었네.

날 새면 일어나서 아침 먹고 돌아서면 점심때 금방 되고 라면 한 개 끓여 먹고 나면 저녁이고 하루가 너무 짧다. 어느새 어두워진다.

행복

글쓰기 삼매경에 해가는 줄 모르고
두 눈이 침침하며 허리가 삐걱대도
글 모양
만들어지니
자식 난 듯 행복하네.

글을 쓰고 있는 시간은 행복하다. 너무 오랫동안 잠만 자다 환갑 이후에 글쓰기를 시작했다. 요즘은 시 쓰기를 시조 쓰기로 바꿨다. 수필을 쓰다가 소설을 쓰다 보면 하루해가 너무 짧다. 나는 솔직히 말해 시간이 아까워 집 뒤에 선학산을 오르지 못해 걷기운동을 제대로 하지 못하고 있다.

황혼일기

어느새 황혼이다 세월 참 빠르구나.
무심코 묵은 세월 되돌릴 수 없다하니
가버린 무정한 세월
이제 와서 어이하리.

세월을 묵었어도 밤이 되면 즐겁다며
아직도 이팔청춘 자랑하는 소리 듣고
그 옛날 황홀했던 밤
흉내 내다 넘어졌네.

변강쇠 영웅담에 내 맘이 요동쳐서
청춘을 흉내 내니 몸과 맘이 따로 논다
괜스레 오르지 못할
은행나무 쳐다봤네.

진주에 친구들 모임인 영우회(永友會)는 매월 셋째 주 토요일 저녁에 갖는다. 멀리 대구에 살고 있는 친구부부에게 농담을 많이 한다. 은행나무침대가 명품침대란다. 물침대에 재워준다면서 헤어지기를 아쉬워하는 농담을 한다. 늙은 나이에 변강쇠 같은 영웅담도 나온다.

황혼길(1)

경주가 막바지라 주위를 살폈더니
함께 뛴 선수들이 따라오지 않는 구나
나 홀로
늙은이 되어
헐떡이며 뛰고 있다.

마라톤 풀코스를 뛰어가는 선수처럼
정해진 목적지가 있는 듯이 뛰었구나.
종착지
다가오는데
나홀로 뛰고 있네.

빛나는 면류관도 받지 못할 힘든 경주
한평생 고난의 길 악착같이 뛰다 보니
황혼길 펼쳐져 있어
억지춘향 길을 간다.

내 가는 인생길은 삶의 경주였다고 해야 할까 같이 뛰었던 친한 친구들이 너무 많이 낙오자가 되어 죽은 친구들이 많다. 희야 아버지, 욱이 아버지, 경연 아버지 등….

황혼길(2)

동산에 떠오르던 아침 해가 서산 가네.
이 길로 가야 하나 저 길을 가야 하나
이정표
없는 길에서
갈팡질팡 하고 있네.

황혼길 들었는데 미련들이 너무 많다
물거품 되어버린 꿈과 소망 못 버리고
지친 몸
뒤뚱거리며
터벅터벅 길을 간다.

소설을 쓰며, 수필을 쓰며 시를 쓰다 늦게 시조에 빠져 있다. 문학모임에 갈 때마다 책 한 권 내지 못하는 사람은 문학인 취급도 받지 못하는 것처럼 느껴질 때가 많다. 책 한 권, 내는 값이 3~4백만 잡아도 열권이면 3~4천이 든다는데, 문학도 돈 없으면 하기 힘들다.

황금연못

토요일 아침마당 황금연못 보는 날은
눈시울 붉어지며 웃다 울다 재미있어
지난날
살던 모습이
눈앞에 서성이네.

아랫집 윗집에도 사는 것은 매한가지
그 시절 사는 모습 동병상련 한맘 되고
기와집
지으려 했던
푸른 꿈이 모두 같네.

실버 프로그램인 KBS 〈황금연못〉에 출연해 즐기고 있는 사람들을 볼 때는 눈물을 흘리며 본다. 학력과 약력과 경력이 화려한 사람들이다. 나는 한때 열등의식에 사로잡혀 살기도 했다.

출연자들을 보면서 나는 오르지 못할 나무이니 그들이 이룬 꿈을 언감생심도 말아야지 하면서도 눈물을 흘리는 것은 왜일까.

흡연예절

덜 자란 사람에게 담배매매 하는 것과
금연 법 공공장소 지정되어 있는데도
장소를
가리지 않는
흡연자는 불편하다.

윗사람 무시하는 흡연자가 많이 있고
세상눈 본체만체 아무도 관심 없다
강 건너
불을 보듯이
제 갈 길만 간다 하네.

요즘은 담배제조회사가 민간 기업이 되었지만 KT&G에서 정부예산금을 세금으로 상당액을 거두고 있다. 흡연자에게 세금을 의지하는 것도 격이 맞지 않고, 미성년자뿐만 아니라 젊은 사람들이 노인 앞에서 담배를 피우는 것을 보고만 있으며, 규제가 없다는 것도 격이 맞지 않다. 정부에서는 흡연이 해롭다고 대대적으로 홍보하고 있으니 우습다.

팽이

팽이가 부지런히 도는 것을 보라 하네
돌다가 힘이 들어 서 있으면 죽는 것을
뛰어야
산다는 것을
나에게 보여주네.

털 스웨터와 오리털파카로 무장을 하고 글을 쓰고 있으면 온몸이 꽁꽁 얼어 근육이 움츠러들고 있다. 아내가 선학산이라도 올라갔다가 오라고, 계속 성화다. 팽이처럼 계속 움직여야 한다고 한다. 춥다고 웅크리고 있으면 근육세포들이 영영 죽고 만다고 한다.

평준화(1)

학력과 경력 직책 소용없어 자유로워
무거운 짐을 지다 벗은 듯이 편안하고
무거운
멍에를 벗은
노년이 즐겁구나.

가난에 찌든 세월 처진 어깨 펴지 못해
한 많은 내 팔자야 한숨 속에 살던 인생
지나온
모진 세월에
당한 상처 얼마던가

한량들 씀씀이에 열등의식 갖고 살다
이제는 모은 재물 많고 적고 표 안 나고
잘나고
못난 사람이
표가 안나 살만하네.

평준화(2)

컴퓨터 교육장에 오는 사람 하나같이
왕년에 잘나가던 직함 없는 늙은이라
이 빠진 호랑이처럼
지난 세월 돌아본다.

복지관 건물에 점심식사 시간에는
모여든 노인들이 도토리 키 재기네
부자도 가난뱅이도
아무도 표 안 나네.

배우지 못한 자나 많이 배운 사람이나
평준화 이뤄지니 모두 같은 늙은이네
젊을 때 열등의식이
바람처럼 사라졌다.

진주시 솔밭공원 송림경로당에 송림 실버컴퓨터 교육장에는 전직 교수, 초중고 교장 등 각양각색 직업을 가졌던 노인들이 많다. 독수리타법으로 자판을 두드리는 사람들이 직함은 없어지고 다 같은 늙은이가 되고 말았다.

점심시간에는 바로 옆에 있는 복지회관에 자원봉사자들이 제공하는 점심식사를 하기 위해 일천 원을 지불하고 줄을 서서 기다린다.

즐겁지 않은 봄맞이

만물이 소생하며 새봄노래 들리는데
오래된 고목이라 꽃피울까 걱정이네
떠나간 이팔청춘이
다시 오면 좋겠구나.

마음은 청춘인데 아랫도리 힘이 없어
밤이면 즐겁다는 변강쇠가 부럽구나
젊음이 떠나갔으니
아내에게 미안하네.

흘러간 저 강물이 돌아오지 못하듯이
가버린 내 청춘도 돌아오지 않을 거야
봄맞이 즐겁지 않아
억지춘향 임을 맞네.

물질이 풍요롭고 백수를 하는 세상이라며 회갑도 칠순잔치도 하지 않고 팔순잔치로 미루는 사람들이 많다. 그러나 나는 몸동작이 둔해지고 노쇠 현상으로 장기들이 기능을 제대로 하지 못함을 실감한다. 무정한 세월을 한탄하며 시를 쓰고 있다.

어느덧 황혼이다

세월이 덧없어라 어느덧 황혼이니
왔던 길 돌아보니 너무 많이 와버렸네
되돌아
가려고 해도
지친 몸을 어이하나

인생은 짧다는데 노래하며 즐길 것을
어릴 때 소풍처럼 살지 못한 한평생을
한 많은
삶 살았다고
눈감고 후회한다.

젊어서 어영부영 살아 버린 인생살이
저 멀리 달아나는 쏜살처럼 빠른 세월
멍하니
뒷짐만 진 채
바라만 봐야 하네.

어버이날 받고 싶은 선물

나에게 어버이날 받을 선물 묻는다면
미주알 고주알과 제비처럼 지지배배
쉼 없이
조잘거리는
재롱선물 받고 싶다.

2018년 5월 5일 어린이날, 5월은 가정의 달이다. 근로자의 날로 시작해서 어린이날, 어버이날, 스승의 날로 이어지고 부부의 날도 있다.

금과 은, 새 지폐, 재물선물이 좋다지만 자식들이 아양도 떨고 재롱을 부리는 모습이 보고 싶다. 부모가 바라는 것은 모두 다 같은 맘일 것이다.

일손이 안 잡히네

온 세상 꽃도 피고 잎도 피는 봄날인데
나는 왜 허구한 날 방안에서 씨름할까
가려는
세월이 年을
붙잡기가 힘이 든다.

할 일은 태산이고 해님은 서산 향해
이것을 먼저 할까 저것을 먼저 할까
내 맘은
갈팡질팡해
일손이 안 잡히네.

늦게 배운 도둑질을 하느라 바쁘다 보니 날이 새는 줄 모른다. 환갑이 넘은 늦은 나이에 시도 쓰고 수필 소설을 쓰기 시작했으니 요즘은 시조에 홀라당 빠졌다. 진주시에서 선학산에 수억을 들여서 심어놓은 철쭉이 만개했다는 소식을 듣고도 차일피일하다 며칠 후에 갔더니 꽃들이 모두 저세상으로 가고 없으니 이 어찌 세월이 무심치 않다고 할 수 있을까.

상봉

칠십 여덟 노인과 아흔세 살 영감님이
스승과 제자 되어 헤어지고 육십오 년
KBS
황금연못에
출연하고 재회하네.

선생님 그리워 한 어언 세월 얼마던가
제자와 선생님의 재회장면 감동이네
나는 왜
초등학교 때
선생님을 못 찾을까.

스승의 날이 3일 앞으로 다가왔다. KBS 아침프로 〈황금연못〉에서 학창 시절 주제로 펼쳐진 토크쇼를 봤다. 78세 노인이 초등학교 때 담임이셨던 93세 선생님을 65년 만에 재회하는 장면을 보면서 눈물이 주르륵 흘렀다.

1학년 때 담임이셨던 성은택 선생님은 어쩌면 고인이 되지 않으셨을까 싶고 2학년 때 임영자, 3학년 때 이순옥, 5학년 때 차상우, 6학년 때 김광옥 선생님을 애타게 찾고 있지만 못 찾고 있다. 4학년 때 김용구 선생님과 5학년 2학기 때 양현수 선생님은 고인이 되셨다.

설날아침

무술년 개띠 해에 설날아침 밝았구나.
올해도 설날특집 프로그램 똑같은데
톱스타
연예인들이
말주변을 자랑한다.

때때옷 차려입고 떡국 먹은 얘기하다
두 고온 북쪽고향 얘기하며 눈물짓고
한사코
우는 바람에
나도 따라 울고 있네.

올 설날도 딸과 사위는 쌍둥이들을 데리고 시가에 갔다. 작은아이가 부산병원에 재취업을 해서 우리 부부만 설을 맞았다.

올해도 KBS 설날특집 〈아침마당〉은 고향 얘기다. 나는 맘만 있으면 언제든지 달려갈 수 있는 고향이지만, 부모, 형제, 땅 한 평도 고향에는 없다.

시월이 즐겁구나

글쓰기 서툴어도 나날이 행복하다
꿈꿨던 문학 꿈을 황혼 길에 이뤘으니
이름난 글쟁이들이
같이 앉아 놀자 한다.

시월이 즐겁구나 오곡백과 익어가고
조랑말 살이 찌고 하늘 높고 산도 곱고
원근에 문학인들이
단풍놀이 가자 하네.

산 보며 꽃도 보고 맑은 물도 쳐다보며
텃밭을 가꾸듯이 틈나면 읽고 쓰고
황혼길 하루하루가
사는 것이 즐겁구나.

10월 들어 눈코 뜰 새 없이 바쁘다. 친목회와 각종 모임단체와 문학단체에서 문학기행과 모임이 많다.

소나 말은 제주도에 살아야 하고 사람은 서울에서 살아야 한다는데 진주에서 서울은 천릿길이라 한국시조협회와 한국수필협회와 작가회 등 각종 문학단체에서 문학기행에 초청장이 왔지만 고민을 하고 있다. 어제는 이력과 경력이 화려한 경남수필가협회에 대선배들과 뜻깊은 문학기행에 같이 했다.

신기루

지친 몸 기진맥진 가누기도 힘이 든데
눈앞에 꿈의 동산 아름답게 펼쳐진다
다시 또
몸을 일으켜
젖 먹던 힘을 쏟네.

끝없는 사막에서 오아시스 쫓다 지쳐
꿈 깨고 일어나니 서산에 해가 가네
세월이
허망하여라.
신기루만 쫓았구나.

고질적인 비염에다 척추협착증 위장 장애로 일 년 내내 괴롭다. 내 몸을 학대한 것도 후회되고 꿈꿨던 세계여행, 중국의 유명한 산들도 가보고 싶었던 꿈들은 모두 포기를 하고 유럽여행의 꿈도 버려야 할 것 같다.

백수(白壽)시대

육갑을 세다 보니 어느새 한 바퀴를
옛날엔 쉰아홉 깔딱 고개 힘들었지
요즘은
백년고개도
넘을 수 있다 하네.

머잖아 육십갑자 두 바퀴를 도는 세상
한 바퀴 돌고나서 출발선에 다시 서네
두 바퀴
뛰는 대열에
나도 함께 뛰고 있다.

요즘은 평균수명이 늘어나서 100세도 사는 세상이다. 머지않아 120세까지 사는 세상이 온다고 한다.

우리 부모님 세대 때만 해도 회갑잔치를 성대히 했지만 요즘은 회갑잔치를 여는 사람이 없다.

벚꽃

곱게 핀 벚꽃 잎이 어디론가 날아간다

왜 벌써 가느냐고 따라가 물었더니

세월이

바람과 함께

쫓아오고 있다 하네.

2018년 4월 봄날에… 지난겨울은 유난히 추워 고생을 했었다. 화무십일홍이라더니 그 아름답던 벚꽃 잎이 바람에 휘날리고 있다. 어느새 봄이 왔다가 벚꽃 잎과 함께 떠나가고 여름이 올 것 아닌가. 이놈의 세월이 천천히 가지 않고 달리기만 하는지 모르겠다.

부부

부부가 살다 보면 닮는다고 한다지만
남편이 늙는다고 아내마저 따라 늙나
밥 먹고
이 쑤시기도
부부가 같이한다.

아내 손 부여잡고 내 얼굴에 비비면서
고았던 당신 손이 까칠까칠 해졌구려
우리가
몇 년이던가
신혼 때를 더듬네.

세월 참 빠르다. 어느덧 우리 부부가 40년을 한눈팔지 않고 살았다. 어느덧 황혼 길이라 왔던 길 되돌아가고 싶으나 다시 되돌아갈 수 없는 길, 앞으로도 변함없이 아내와 함께 이 세상 끝까지 가야 한다.

무술년을 보내며(1)

무술년 맞으면서 새롭게 다짐했던
땀 흘린 공든 탑이 와르르 무너지고
연초에
기대한 꿈이
물거품이 되는구나.

올해도 하릴없이 나이만 묵었구나
해마다 정초에는 거추장한 꿈을 꾸다
연말이
되고 난 후에
꿈에서 깨어나네.

새해가 시작되면 해마다 되풀이네
무너진 탑 쌓기가 그지없이 좋았다가
한 해가
다 가고 나면
망연자실 하고 있다.

무술년을 보내며(2)

무술년 가고나면 기해년이 온다는데
어느덧 올 한해가 어영부영 다 갔구나
새로 올
돼지들에게
기대를 해야겠네.

내년에 복 돼지가 나의 소망 이뤄줄까
금년에 망친 농사 다음 해를 소망하듯
또다시
농부 맘으로
새해를 기약한다.

누가 말했다. 내일이 없으면 불행하다고 하는 말에 해마다 속고 있다. 공들여 쌓은 돌탑이 도루묵이 되는구나 하면서도 언제나 새해가 되면 지난해 물거품 된 꿈이 올해는 이루어지겠지 하며 다시 탑 쌓기에 들어간다.

무술년 5월 팔일

어릴 때 소풍갈 날 손꼽아 기다리듯
올해도 오월 팔일 맘속으로 기다리다
아내가
들고 온 밥상
마지못해 받고 있다.

나이를 묵다보니 어린아이 되는건가
괜스레 어버이날 기대했던 꿈 깨지고
무술년
오월 팔일은
상추쌈만 먹었네.

요양보호사 일 갔던 아내가 일찍 퇴근했다. 아침에 남은 밥을 전자레인지에 데우고 상추가 상에 올라왔다.

맘속에는 쌍둥이들이 빨간 카네이션을 가슴에 달아주는 걸 상상하면서 상추쌈으로 저녁을 먹었다. 부엌에서 아내의 전화통화 내용을 들었다. 큰딸, 쌍둥이 어미가 저녁 식사하러 가자고 하는 전화인 것 같다.

믿음

돈으로 못 가는 곳 권세로도 못 가는 곳
못나고 가난해도 믿음으로 가는 나라
예수가
부르시는데
나는 왜 망설일까.

세상에 모든 일은 돈이면 된다지만
그곳은 권세 없고 돈 없어도 간다는데
예수가
나 좋아할까
죽음이 걱정되네.

교회서 예배하고 기도를 한다 해도
충만한 성령체험 하지 못한 내 믿음은
언제쯤
하나님은혜
확실히 깨달을까.

달려가는 신호등

네거리 횡단보도 빨간불이 깜박인데
달리는 신호등인 할아버지 무사통과
가는 길
바쁘다지만
우선멈춤 해야 하지.

별 좋은 이른 봄날 신호등이 지나가네
빨간불 파란불도 저 노인은 적용 안 돼
신호등
바뀌었지만
차량들이 멈춰 있네.

로드킬 당한 고양이를 오늘도 보았다. 진주 구 법원 사거리에 횡단보도에는 빨간 신호등이 켜져 있는데 걸음걸이도 불편한 할아버지가 자전거를 끌고, 신호등을 무시하고 건너오고 있다.

홀몸도 지탱하기 힘들어 보이는 노인이 한 걸음 옮기는 데 수십 초씩 걸리는 것 같았다. 신호등이 지나가고 있었다.

나목(裸木)

벚나무 느티나무 은행나무 가로수가
비단옷 어디 두고 오들오들 떨고 있나
동산에
해가 뜨기만
학수고대 하고 있다.

하늘 뜻 거역해서 그 죗값을 치르는가
겨울밤 지새려는 가로수들 불쌍하다
동짓달
기나긴 밤을
발가벗고 떨고 있네.

한겨울 추운 밤에 벌벌 떠는 나목 보며
젊을 때 노후건강 준비 못한 나를 보네
오리털
파카를 입고
방안에서 벌벌 떤다.

나는 몇 년 전부터 겨울 되면 추위가 엄습해 운신을 못 한다. 노후건강을 대비하지 못하고 내 몸을 학대했다.

내가 늙었나봐

내 맘은 옛날이나 지금이나 매한가지
아직도 청춘인데 몸동작은 왜 이럴까
육교에
올라가기도
다리가 뻐근하다.

어쩌다 버스 타면 늙은이 취급한다
자리를 양보하며 할아버지 앉으라니
아 정말
늙었나 보다
조용히 눈을 감네.

요즘 시내버스를 타면 50대 중년인 사람들은 자리를 양보하는데 중고생 어린 학생들이 교육을 어떻게 받는지 자리를 양보하지 않는다. 내 자신을 너무 학대했나. 발바닥에서 머리 위까지 정상인 데가 별로 없고 불편하다. 사람들의 건강한 모습이 이제는 부럽다.

가야 할 길

이 몸이 왔던 길을 뒤 돌아 보았더니
비탈길 꼬불꼬불 험한 길만 걸었구나
앞으로
가야 할 길은
어떤 길이 펼쳐질까.

나는 왜 걷는 길이 힘이 들고 어려울까
끝없이 이어지는 가도 가도 오르막길
얼마나
더 걸어가야
좋은 길을 걸을 가나

가쁜 숨 몰아쉬다 남은 길 쳐다보니
눈앞에 보이는 건 비탈진 가시밭길
심신이
지쳐 가는데
언제쯤 편히 쉴까.

몇 년 동안 정신없이 써놓은 것들을 들여다봤더니 글다운 글이 아니다. 고치고 빼고 집어넣고 탈고하기가 이렇게 힘든 줄 몰랐다. 뒤늦게 아버지에게 들은 말씀을 실감한다. 낡은 집수리하기가 더 힘든 다. 차라리 뜯어 버리고 새로 짓는 것이 편하다는 것을…….

고독한 나그네

하늘에 저 구름은 가는 곳을 알고 갈까
산 넘어 가고나면 다시 오지 못할 길을
임 찾아가는 것처럼
발걸음이 빠르구나.

고독한 나그네와 동행하면 좋으련만
외로운 일엽편주 하늘바다 홀로 간다
뒤돌아보지도 않고
앞만 보고 가는구나.

인생길 걷는 이도 흰 구름 조각배도
가는 곳 모르면서 가기만 하는구나
다시는 돌아오지 못할
안타까운 길을 가네.

나에게 주어진 1분 1초는 그냥 흘러버리면 다시는 돌아오지 않는다. 어린 시절 꿈이었던 것들이 허송세월이 되어버리고 말았다. 되돌아올 수 없는 황혼 길을 간다.

꿈

동천이 밝아지니 까치가 노래하고
기지개 활짝 펴니 기분이 상쾌하다
반가운
편지가 왔나
컴퓨터를 열어본다.

까치기 울어대면 반가운 님 오신댔지
반가운 소식 오나 기대했던 바람대로
드디어
찔레꽃 당신이
내 꿈을 이뤄준다.

찔레꽃과 아카시아 꽃향기를 맡으면서 어머니를 떠올린다. 나에게는 찔레꽃 당신은 어머니이고 어머니는 찔레꽃 당신이다. 까치가 울어대던 날에 꿈이었던 한국수필가협회 신인상 공모에 보낸 '찔레꽃 당신'의 당선 통지서가 왔다. 찔레꽃과 아카시아 향기를 맡으며 응모했던 사단법인 한국시조협회에서도 신인문학상에 당선 통지가 왔으니 시와 소설, 이번에는 수필과 시조부문까지 문학의 그랜드슬램을 달성한 셈이니 초등학교 때부터 꾸었던 꿈을 이뤘다고 봐야 하지 않겠는가.

한

한

대물린 가난 속에 한 많았던 지난 세월
학교에 가방 들고 가보지도 못했으니
돈 없어 못 배운 한을
피눈물을 삼켰었네.

미모가 좋았었나 배우기를 많이 했나
가진 돈 재물 없고 똑똑하지 못했으니
한평생 서러웠던 삶
그 누가 알아줄까.

구두쇠 영감노릇 이제는 지겹구나
가난에 찌든 삶을 언제쯤 벗어날까
황새들 노는 곳에서
뱁새도 놀고 싶다.

할아버지의 가난을 아버지가 물려받아 나에게 전해 주었다. 뱁새가 황새 걸음을 따라가려다가 가랑이가 찢어진다고 자주 말씀하셨다. 책보따리는 들었으나 책가방은 들어보지 못했다. 각종 문학 활동하기도 어렵다. 경제적인 빈약함 때문에 변방으로 돌 수밖에 없다.

한 많은 고사골 재

삼사월 긴긴 해에 배고팠던 보릿고개
구랑골 오르면서 통학열차 바라보다
단장의
미아리고개
중얼중얼 노래했네.

날마다 울며 넘던 한 많은 고사골 재
거름 짐 지고 넘던 그때가 언제던가
어즈버
허구한 날에
눈물 많이 흘렸었다.

아! 나도 시인이 되어가고 있는가 보다. 이 글을 쓰면서 눈물이 하염없이 흐른다. 그 시절 구랑골을 오르고 고사골 재 너머까지 거름 짐을 지고 오르면서 한 많은 미아리 고개를 많이 중얼거렸다.

동네 앞을 지나가는 통학기차를 바라보면서 친구들은 저 기차를 타고 학교에 가겠구나, 하며 신세한탄을 했었다.

후회하는 삶

부모님 죽지 않고 천년만년 살 줄 아나
있을 때 잘해야지 유행가가 생각난다
떠난 후 후회를 하면
가신님이 다시 올까.

물가에 부모님을 어리석게 묻어놓고
비 오면 부모무덤 걱정돼서 우는 바보
서럽게 울음을 울면
오던 비가 멈추는가.

부모님 살았을 때 효도를 해야 하지
이 세상 사람들이 너나내나 모두 같다
뒤늦게 청개구리를
흉내 내며 울고 있네.

부모님이 살아계실 때는 내일부터 효도를 해야지, 모레 해야지 자꾸만 미루는 것이 사람이다. 효도는 오늘 해야 현명하다. 자칫 잘못하다가 청개구리 모양이 되고 만다.

청천(靑天)에 내린 우박

날 새면 논밭으로 해 지면 집에 오고
호롱불 밝혀놓고 오순도순 사는 집에
청천에
우박을 맞고
초가삼간 무너졌네.

해발 754m 봉두산골 열두내 마을에 살던 주민들에게 갑자기 경찰이 들이닥쳐 총부리를 들이대고 아랫마을인 큰 마을로 내려가서 살게 했다. 영문도 모르고 주섬주섬 식량과 옷가지와 이불과 살림도구 몇 가지만 챙겼다.

할아버지 할머니 삼촌고모들이 미처 나오기도 전에 집들을 불을 대버렸다. 부모님들이나 동네 주민들은 얼마나 황당한 일인가. 1948년 10월 19일(음9 · 17) 여순사건이 일어났으니 맑은 하늘에서 내린 벼락을 맞은 격이다. 여순사건 70주년 되는 날에….

청개구리

장맛비 걱정되어 밤새우는 청개구리
무더위 식혀주는 여름 밤비 걱정이네
왕 버들
우듬지에서
개굴개굴 구슬프다.

우포늪 청개구리 굵은 비를 다 맞으며
생전에 잘 모실 걸 후회하며 울고 있네
잠자는
황소개구리가
잠 깰까 두렵구나.

세상 사람들이 청개구리와 같은 삶을 하고 있는 사람들이 많다. 부모에게 효도하련다. 하며 맘만 먹고 내일모레로 자꾸만 미루고 있다. 그러다 어느 날 부모님이 세상을 떠나면 울고불고 후회한다.

장맛비가 오는 날

또다시 비가 온다 누이가 보고 싶네
그때가 삼십 년 전 장맛비가 내리던 날
궂은 비
내리는 날은
사무치게 그립구나.

또다시 비가 내린다. 부모님이 그립다. 손가락에 봉숭아 물들이던 누이가 그립다. 30년 전 비 오는 날이다. 흑산도 앞바다에 조업을 나갔다가 사고로 세상 떠난 누이가 여름비가 오는 날은 사무치게 그립고 보고 싶다. 2018년 7월 장맛비를 보면서….

엉킨 실타래

남북이 두 동강난 어언 세월 얼마던가
칠십 년 귀를 막고 통일하자 외쳤으니
이제야
닫힌 문들을
활짝 열고 만나잔다.

말문이 열려지고 듣는 귀가 트였나봐
남북 간 형제들이 포옹하며 한을 푸니
늦게야
철들었나봐
싸우지 말자 하네.

남과 북 두 정상이 대화 물고 열었으니
북미 간 회담불발 한중간 북일 관계
엉켰던
실타래들은
두 정상이 잘 풀 거야.

남과 북 두 정상이 판문점에서 다시 만났다는 뉴스가 있다. 4·27 판문점에서 대화 물꼬를 텄으니 두 정상이 엉킨 실타래를 잘 풀어나가서 칠천오백만 민족의 한이 풀렸으면 좋겠다.

유치원 졸업식 날(1)

쌍둥이 손자들이 유치원 졸업식 날
어릴 때 초등학교 졸업식이 생각나네
함박눈
펑펑 내리던
눈물겨운 그때였지.

반백년 지난 오늘 그때를 생각하다
또다시 태어나서 호사를 누리고파
자꾸만
눈물샘이 넘쳐
돌아서 눈물 닦네.

쌍둥이 손주들의 유치원 졸업식장에 갔었다. 색동한복을 차려입고 졸업식을 하는 장면들을 보는데 자꾸만 눈물이 났다. 하필이면 주머니엔 손수건도 없었고 휴지도 없었다. 옆자리에 앉은 딸이 볼까 봐, 손등과 손가락으로 눈물을 찍어냈었다.

유치원 졸업식 날(2)

유치원 졸업식 날 분위기도 엄숙한데
쌍둥이 손자 녀석 남자아이 티내는지
친구와
장난질하며
즐거운 표정이다.

선생님 인사말에 손녀가 우는구나
작별이 아쉬웠나 울음을 안 그치니
손녀딸
눈물방울이
나에게로 옮겨오네.

다른 꼬마 녀석들은 울지 않는데 쌍둥이 손녀 은결이가 울고 있는 바람에 젖어있던 나의 눈에서 눈물이 더 주체 못하게 흘렀다.

50년이 훨씬 지난 나의 초등학교 졸업식 날은 눈이 무릎까지 내렸었다. 한 여자친구의 울음을 시작으로 졸업식장은 울음바다가 되었다. 어릴 때로 다시 돌아가, 가보지 못한 유치원도 다녀보고 초등학교 졸업식도 다시 해보고 싶다. 당시 어머니는 졸업식장에 와 보지도 못했다. 기념사진도 찍어보고 싶고 자장면도 먹어보고 싶다.

유등

충절 혼 가득 담긴 진주성과 촉석루를
유유히 흐르는 남강 물은 속절없다.
계사년 사연 잊은 듯
변함없이 푸르구나

강 건너 대나무는 논개 부인 기개 받아
뒤벼리 깎아지른 벼랑 벽을 바라보며
군관민 칠만 함성을
아직도 전해주고

의암에 낙화해서 환생을 한 가락지는
산화한 영혼 찾아 유등 불 밝혀들고
끝없는 머나먼 길을
밤새워 가고 있네.

십 년이면 강산도 변한다는 말이 있다. 임진왜란이 있은 지 약 400년이 지났지만, 진주성이 있던 자리와 남강이 흐르는 자리도 그대로고 뒤벼리의 깎아지른 절벽도 그대로다. 강 건너 대밭도 그대론데 그때 사람들은 하나도 안 보인다.

이제는 말할 수 있다

한평생 농부 되어 땅만 파고 살던 인생
남로당 한민당이 무엇인지 알았던가
이제는
말할 수 있다
억울하게 죽었다고

서울을 가봤던가 공부를 해봤던가
좌익이 무엇인지 우익이 무엇인지
모르고
살았던 것이
죽을죄란 말이던가.

불행하게도 우리 부모님들은 지긋지긋한 전쟁을 한 번도 아닌 두 번이나 치렀다. 여순사건으로 낮에는 군과 경찰에서 총부리를 들이대고 밤이면 좌익이 산에서 내려와 밥이라도 달라고 하면 어떡하나 피가 마르는 공포 속에서 살았다고 부모님에게 자주 들었다.

지금도 생생하다. 좌익 빨치산들은 국군이나 경찰처럼 주민을 무자비하게 죽이지 않았다고 들었다. 좌익에 부역했다는 이유로 억울하게 죽은 가족들의 한을 풀어주고 고인들도 명예회복을 시켜주어야 한다고 이제는 말할 수 있다.

이산가족의 비극

부모와 형제자매 생이별한 칠십여 년
남과 북 이산가족 한 품은 채 눈을 감는
세상에
이런 비극이
어디에 또 있을까.

총부리 겨누었던 칠십여 년 세월 동안
눈뜨고 죽은 사람 헤아릴 수 없을 거야
이번에
맞잡은 두 손
다시는 풀지 마소.

배가 고파본 사람이라야 가난한 사람의 고통을 알고 헤어짐의 그리움을 경험해 본 사람이라야 이별의 고통을 알 것이다. 70년 전에 생이별한 이산가족의 한을 풀어주어야 한다. 이미 나이 많아 죽거나 움직일 수 없을 정도로 늙어버린 사람이 많다.

일장춘몽

한 많은 세상살이 돌아보니 일장춘몽
보일 듯 말 듯한 신기루만 좇았구나.
하늘에
뜬구름 잡듯
보낸 세월 아까워라.

초등학교 때부터 시인과 소설가가 되며 세계여행을 하려는 꿈을 키워왔다. 환갑 넘어 시인이 되고 수필가가 되고 소설을 쓰게 되었지만 문학세계에서 인정받기는 험난한 여정이다.

몸동작이 둔해지고 척추협착증으로 오르막길은 몇 발자국도 걷기도 불편한 증세가 시도 때도 없이 나타난다. 가까운 중국에 명산들을 가보려는 꿈은 물거품이 된 것 같다.

복

부모 복 자식 복이 지지리도 없는 놈이
남의 떡 언감생심 말아야지 하면서도
남의 복
부러워하며
곁눈질을 자꾸 하네.

나는 왜 높은 하늘 자꾸만 쳐다볼까
오르지 못할 나무 나에게 소용 있나
지상에
네발로 기는
동물만 쳐다보리.

위를 쳐다보면 한없이 초라해지고 나와 처지가 비슷한 사람들을 쳐다보면 사는 보람을 느끼고 행복감도 찾을 수 있다. 그러나 자꾸만 다른 사람의 밥그릇에 콩이 커 보이기만 하다.

문학모임

진주라 천릿길이 발목을 움켜잡아
잔치에 초대받은 서울까지 가지 못해
시 짓고 글 쓰는 곳에
함께 앉지 못했으니

진주 땅 오지라서 교통편 불편하고
천릿길 멀고멀어 왕복비용 부담되네
언제쯤 잔치마당에
시 읊으러 가볼까나

예부터 사람들이 공공연히 했던 말은
제주도 초원에는 망아지가 제격이고
사람은 서울 쪽에서
살아야 한다 했네.

서울에서 열리는 각종 문학모임에 참석하라고, 사흘이 멀다 하게 초대공문이 오지만 지방에 살고 있기 때문에 가지 못한다. 경제, 문화예술, 스포츠, 모든 모임이 서울에서 열리고 있다. 그래서 사람들은 서울로만 모여들어 사는가 보다.

가난한 문학인

어른 닭 모여앉아 노래하며 즐기는데
털 자란 병아리는 변두리만 돌았으니
계군(鷄群)들 모이는 곳에
홰치러 가고 싶다.

큰 사람 노는 곳에 작은놈이 가려 해도
천릿길 먼 길이며 가진 돈도 없다 보니
가까이 가지 못하고
한숨 쉬며 바라보네.

인간의 세계에는 돈이면 되는 세상
문학도 돈 없으니 언제나 변방차지
가난한 글쟁이 신세
죽고 나면 면할까.

세상 모든 일에 돈이 우선이다. 문학도 돈 없고 가난하면 하기 어렵다.

자연

해와 달

태양이 푸른 바다 유영하듯 서산가면
뒤따라 나선 달이 동산에서 쫓아간다.
날마다
빙빙 돌기를
몇 바퀴나 돌았을까

비와 눈 오는 날도 바람이 부는 날도
수천 년 낮과 밤을 세월만 돌렸으니
다람쥐
쳇바퀴 타듯
이골이 났을 거야.

두꺼운 먹구름이 하늘 길을 뒤덮어도
태산을 날릴 듯이 태풍바람 불어대도
묵묵히
동그라미길
숨바꼭질 하는구나.

참새

도심 속 참새들이 며칠씩 굶은 듯이
인도와 차도에도 떼를 지어 날아드네.
무엇을
쪼아 먹는지
쉬는 틈이 없으니

큰 콩알 크기만큼 위주머니 작을 텐데
온종일 먹어대다가 배터지면 어떡하나
무엇을
먹고 있을까
하루 종일 쪼아대네.

잠시도 쉬지 않고 들랑날랑 바쁘구나.
갓난이 주먹보다 참새몸집 작은 데도
사흘을
굶은 것처럼
먹기만 하는구나.

철새

배고픈 철새들이 선거 때만 날아와서
아무나 붙잡으며 손 내밀어 구걸하네
얼마나
굶주렸으면
밥과 죽을 안 가릴까.

철새가 내미는 손 안면몰수 해버릴걸
떠나면 그만인데 마음 약해 거절 못해
또 다시
퍼주고 나서
후회를 해야 하네.

6·13지방선거가 다가오고 있다. 선거 기간 동안에 열심히 표를 구걸하고 당선이 되고 나면 그만인 철새들 같은 사람들이 많다. 유권자들에게 하늘에 별도 따다 줄 것처럼 하다가, 당선만 되면 그만인 사람들을 많이 본다.

진주남강

유유히 흘러가는 철모르는 저 강물은
촉석루 의암 사연 아는지 모르는지
묵묵히 쉬지도 않고
그때 일을 알고 갈까.

민관군 칠만 영혼 우국충절 쓰린 한을
임진년 아픈 상처 남강 물로 지우려고
사백년 씻어내려도
그 흔적은 선명하다.

시내를 관통하고 진주성을 가로질러
대밭 속 호국영령 호곡소리 들으면서
뒤벼리 절벽을 지나
새벼리를 돌아가네.

올해도 진주시는 2018년 10월 1일부터 14일까지 유등축제를 연다. 몇 년 전부터 유료였다가 올해부턴 무료입장이다.

남강에 유등을 띄워 성 밖의 가족들에게 안부를 전했던 것이 유래가 되었다고 한다. 진주시가 유등축제로 복원했다.

삼복더위(1)

젊을 땐 삼동설한 겨울추위 걱정 없고
한여름 삼복더위 걱정 없이 지낸 세월
추위도 걱정이지만
여름나기 힘이 든다.

허해진 늙은 몸에 삼복더위 이기려고
삼계탕 보신탕에 복달임도 무용지물
날마다 불볕더위에
심신이 지쳐가니

무술년 개띠해라 영양탕 집 문전성시
날마다 펄펄 끓는 찜통더위 열대야에
애꿎은 개와 닭들이
맘 편한 날 없겠네.

진주시 문산면에는 이름난 삼계탕집이 두 군데 있다. 나는 아예 복날은 삼계탕을 먹으러 가지 않기로 했다. 두 집이 모두 인산인해다. 번호표를 부여받고 한 시간씩 기다려야 먹을 수 있으니 말이다.

삼복더위(2)

중복 날 삼복더위 견디기가 힘들어서
날씨가 너무 덥다 불평불만 쏟았더니
얼굴에 땀방울들이
송알송알 돋아난다.

어릴 때 같이 놀던 소꿉친구 생각하며
즐겁게 웃었더니 더위가 싹 가신구나
웃음이 효과가 크다
더위가 물러가네.

늦게야 알았으니 불볕더위 쫓는 법을
덥다고 흥분하며 품은 맘이 흔들리면
가마솥 불볕더위가
여지없이 찾아온다.

적군과 싸울 때는 지피지기 백전백승
웃는 맘 품으면서 손자병법 읊었더니
열대야 찜통더위가
기죽어 떠나가네.

올여름이 제일 덥다. '덥다, 덥다.' 하면 더 더운 것 같다. 시원하다고 맘속으로 외니 견딜 만하다. 중복이지만 며칠 전보다는 시원하다.

빗물

한 방울 빗물들을 천대하고 방심하면
친구가 되지 못해 결국에는 화를 입고
하늘을 쳐다보면서
원망해도 소용없다.

땅 위에 내리는 한 방울의 빗방울도
강으로 모여들어 큰 무리를 이루는 것
좋은 일 할 수 있도록
달래야 하는 거지

요즘은 가뭄 와도 걱정 없는 세상이지
옛날에 매년마다 보릿고개 찾아온 건
빗물과 좋은 친구로
지내지 못해 서다.

겨울 가뭄에 삼척지방에 큰 산불이 일어나고, 전국에서 연달아 산불이 발생하고 있다. 설날 구례에서 일어난 산불로 소방공무원과 군 당국에 공무원들이 설 명절도 쇠지 못하고 고생을 했고 소방헬기가 수십 대가 동원됐다고 했다.

바다

서귀포 앞바다가 임 그리워 울고 있나
커지는 울음소리 애달프고 처량하다
풍랑이
거세어지니
쳐다보기 민망하다.

덩치만 큰 바다는 겁쟁이라 우는 걸까
수평선 저 멀리서 큰 파도가 몰려오면
요란한
비명소리가
천지를 진동하네.

4월 13일부터 15일까지 2박 3일 동안 소꿉친구들이 제주도여행을 했다. 순천이나 진주 사는 친구들은 몇 달 전에 비행기표가 동이 나, 배를 이용했다. 우리나라 바다는 참 넓다. 완도에서 제주까지만 해도 4시간이 걸리니 말이다.

미세먼지(1)

해마다 날아오는 황사먼지 겁내다가
살쾡이 피하려다 호랑이를 만났구나
불청객 미세먼지가
금수강산 더럽힌다.

이웃에 큰 나라가 감기기침 할 때마다
한반도 청정지역 숨쉬기가 불편해서
코와 입 가리고 사니
답답해 못 살겠네.

산업화 공장매연 나무심기 권장하다
내정을 간섭마라 화를 낼까 두려우니
날뛰는 고양이 목에
방울을 누가 달까.

몇 년 전까지만 해도 한반도로 날아온 황사 때문에 골머리를 앓던 우리나라가 황사는 뒷전이고 미세먼지 문제로 심각하다.

미세먼지(2)

올 봄에 볕이 좋아 봄꽃들이 일찍 피나
입과 코 가렸으니 꽃향기를 맡을 손가
순결한 아카시아를
맞기가 미안하네.

봄마다 날아오던 황사먼지 모래바람
요즘은 더 무서운 미세먼지 두려워서
강 건너 불구경 하듯
보고만 있는구나.

지금쯤 고향에도 아카시아 향 좋을 땐데
불청객 미세먼지 곳곳마다 재 뿌리고
꽃 잔치 축제마당이
초상집 분위기네.

활짝 핀 아카시아에 꿀벌이 찾아오지만 미세먼지 영향으로 꿀은 오염되지 않았을까 걱정이다. 얼마 전에는 프로야구도 미세먼지 주의보로 경기가 취소되고 각종 축제마당도 축소하거나 취소되기도 한다.

물(1)

한사코 낮은 데로 흐르는 물을 보라
가다가 길 막히면 좌나 우로 돌아가고
길 막고 못 가게 하면
얌전히 머무르네.

위에서 아래로만 흘러가는 저 강물은
높은 곳 쳐다보고 한눈팔지 않으면서
태곳적 수천수만 년
역사 이래 한결같다.

한없이 겸손해서 낮은 데로 임하지만
잠시도 소홀하면 사람들이 감당 못해
세상에 천하무적은
물밖에 없을 거야.

사람이 물길을 내고 둑을 쌓아 막을 수 있지만 물이 화가 나면 무섭다. 옛날부터 어른들께서 하신 말씀이 불탄 곳은 재라도 남지만 홍수가 지나간 곳은 흔적도 없다는 말씀을 많이 하셨다.

물(2)

하늘에 받은 만큼 아낌없이 내어주고
값비싼 술잔이나 더러운 그릇에도
귀천을 따지지 않고
아무데나 안겨주며

목마른 생명에게 마른 목 적셔주고
더러운 때 묻으면 깨끗이 씻어주니
거룩한 어머니 같은
가히 없는 사랑이라

공중에 미세먼지 오염된 도랑물도
불량한 인간들의 배설물도 포옹하고
품 안에 불러 모으니
바다 같은 사랑이네.

지구의 70%가 물이라고 하며 인체도 70%가 물로 이루어졌다고 한다. 물이 없으면 모든 생명체가 살 수도 없다. 이런 물의 고마움을 사람들은 잊고 있다. 요즘 미세먼지, 환경오염과 물의 오염이 더 심각하다.

다람쥐

다람쥐 신혼부부 겨우살이 준비 위해
양 볼이 터질듯이 입 안 가득 물어다가
저장한 굵은 알밤이
겨울잠 부추긴다.

겨울잠 자는 동안 배고프지 않았을까
도토리 알밤들을 먹는 것을 잊었나봐
요즘에 유행하는 병
치매에 걸렸나 봐

겨울잠 자기 전에 모아놓은 도토리와
잘 익은 알밤들이 봄을 맞아 싹이 돋고
다람쥐 수고가 있어
생태계가 유지된다.

시간이 지나면 먹이를 어디에 숨겨놓은 줄을 몰라서 찾아 먹지 못한 알밤이나 도토리가 봄이 되어 싹이 돋는다고 하지만 인간은 다람쥐에게 교훈을 얻고 있다. 다람쥐는 굶어 죽는 일이 없다 하니 내일을 위해서 저축을 해야 하는 것을 배우는 것이다.

달마산 도솔암

달마산 도솔암에 선좌한 의상대사
한라산 바라보며 불경을 외우면서
백록담 흰 사슴 부부가
노는 것도 보았을까

빼어난 절경들을 등에 업은 병풍바위
꼭대기 절묘하게 고승 위해 내준 암자
도솔암 천 삼백여 년
인걸혼도 영원하리

달마산 도솔봉에 기암괴석 거느리고
귓전에 소리 난 듯 의상대사 성불한 곳
남도에 금강산이라
달마산이 맞다 하네.

달마산이 한반도 끝자락인 남도의 금강산이라고 할 만큼 맑은 날은 한라산이 보인다고 한다. 의상대사는 신라 진평왕 때 태어나 전국에 사찰만 84곳에 창건했다고 한다.

닭과 오리의 비애

큰 날개 받았지만 하늘을 날지 못해
무슨 죄 지었는지 모른 채 수천 년을
땅에서 두 발로 기며
살았던 닭과 오리

대 이어 허구한 날 생과 사에 목메고
제명을 살지 못해 짧은 생 살다 가는
인간의 먹을거리 신세
언제쯤 끝이 날까.

이웃에 조류독감 불청객이 오는 날은
땅속에 속수무책 생매장을 당했으니
세상에 이런 비극이
어디에 또 있으리

에덴에 빨간 사과 따먹지도 않았다고
지은 죄 없다 해도 아무도 믿지 않아
기구한 닭과 오리를
위로하는 이가 없네.

새해 들어 전남 나주, 영암, 고흥지역에 75만 마리의 닭과 오리들이 조류독감 때문에 생매장되었다는 보도가 있다.

독도는 우리 땅

강점기 사과기피 역사왜곡 일삼더니
그것도 모자라서 우리 땅을 넘어보나
화가 난
동해바다가
가만있지 않을 거야

낮잠을 자다 깨어 봉창을 두들기며
헛소리 늘어놓는 잠꼬대를 하지 마라
독도는
우리 땅이다
찬물 먹고 맘 돌려라.

삼일절 특집프로에서 지난날을 사과하지 않고 오히려 독도가 자기들 땅이라고 우겨대는 것을 패널들이 성토하는 방송을 시청했다. 우리는 양심을 져버리는 소리를 하는 사람들에게 '하늘이 두렵지 않느냐'고 한다.

꽃의 여왕 장미

광야에 들꽃들이 뜨거운 뙤약볕과
비바람 눈보라에 시달림이 없었던가.
하찮은
들풀 꽃들도
이런 전철 밟았으리

곱게 핀 큰 꽃잎이 왜 떨어지나 했더니
야생화 들풀들의 성난 바람이었더라.
천심을
깨닫고 나서
그 자리에 앉아야지.

어머니

한가위

사위 딸 손자들이 친가에 가고나면
한가위 명절인데 적막함 그지없고
내 맘이 쓸쓸해지고 옛날 이 그리워라

아내와 마주 보고 앉았어도 할 말 없고
쓰디쓴 커피잔만 들다 놓다 하다보면
고향이 그리워지고 어머니도 보고 싶다.

도토리 키를 재듯 위 아랫집 살던 시절
쌍둥이 형제처럼 사이좋게 살아선지
설 추석 명절날 되면 철이가 생각난다.

친구는 노모가 정정하게 살아계셔
서울서 명절 쇠러 귀향을 하였을까
어머니 모습 그리며 전화기를 찾고 있네.

아들 딸 어머니랑 형제들은 건강하지
들리는 목소리가 가까이에 있는 마냥
어머니 건강하시다 쩌르렁 울려온다.

함흥차사

어머니 앞서 떠난 누이가 갔던 곳에
그리운 딸을 찾아 머나먼 길 가시었네
모녀가
상봉을 하고
웃음꽃 피우시리

형님도 엄마 찾아 삼만 리 길 떠났으니
엄마와 오누이가 사는 곳을 찾았을까
길 떠난
함흥차사가
아직도 오지 않네.

내가 어릴 때 6남매 중 큰형님과 누님이 20대 중반에 세상을 떠났다. 아버지가 82세 36년 전에 어머니는 26년 전 75세 되던 해에 세상을 떠나셨다. 여동생이 어린 아들과 딸 남매를 남겨둔 채 사고로 어머니보다 먼저 세상을 떠나자 어머니가 시름 끝에 세상을 떠나셨다.

14년 전에는 형님도 심장마비로 세상을 떠났으니 나는 하늘이 무너지고 땅이 꺼지는 슬픔을 몇 번이나 당해야 했다. 허리가 굽어 이마가 땅에 닿는 큰누님과 나만 남았다.

홍시(1)

장대를 손에 들고 감나무에 다가가니
잎 뒤에 꼭꼭 숨어 숨바꼭질하자 하네
고개가 저리고 아파
술래노릇 힘들구나.

잘 익은 홍시 따기 이리도 어려운데
삼남매 자식 입에 넣어 주던 어머니는
가녀린 여자 몸으로
얼마나 욕봤을까

남매가 잘 익은 것 날름날름 받아먹다
어머니 입에 넣어 주려 하면 돌아서네
뱃속이 더부룩하다
하신 말씀 정말일까.

홍시뿐만 아니라 어머니는 자식들이 맛있는 것들은 늘 '먹기 싫다, 배부르다.'고 말씀하셨다. 자식들이 맛있어하는 먹을 것들을 어머니는 한사코 싫다 하셨다. 그때는 맛있는 걸 왜 싫어하는지 알 수가 없었다.

홍시(2)

아내가 일 마치고 들고 온 홍시 한 개
홍조 띤 고운 자태 아름답기 그지없네
불현듯
어머니 모습
눈앞에 서성인다.

요양보호사 일을 하는 아내가 퇴근하면서 잘 익은 홍시 하나를 들고 왔다. 어머니가 마실을 갔다가 얻은, 잘 익은 홍시를 먹고 싶은 유혹을 뿌리치고 행여 깨질세라 조심조심 들고 와, 나에게 먹여주던 모습이 눈앞에 아른거려 눈물이 핑 돈다. 끝내 먹지 못하고 김치냉장고 위에 올려놓았다.

큰 누님

낫 놓고 기역자를 자녀들이 모를까봐
당신이 허리 굽혀 산교육을 실시한다.
육남매
아는 문제를
날마다 되풀이다.

논밭에 나갈 때도 이마가 땅에 닿고
귀갓길 종종걸음 아래만 쳐다보고
무엇을
찾고 있을까
허리를 펴지 않네.

어머니 나이를 훌쩍 넘긴 올해 83세인 큰누님이 허리가 굽어 이마가 땅에 닿는다. 뒤뚱뒤뚱 걷는 모습이 넘어질 것 같아 위태하다. 농사를 짓기 힘들어하면서도 온갖 야채를 심으며 밭일에 손을 놓질 않고, 떨어져 사는 딸들이 안타까워한다.

천국

돈으로 못 가는 곳 권세로도 못 가는 곳
아무나 가지 못해 어머니가 계신 그곳
하늘 뜻 따르는 자가
거기 갈 수 있다 하니

그리운 어머니와 몇 밤 자면 만나볼까
천사와 함께 사는 부모형제 보고 싶다
따뜻한 엄마 품속을
언제쯤 파고들까.

천국에 먼저 가신 부모님과 형제들이
날마다 나의 모습 보고 싶어 하실 거야
오늘밤 꿈나라에도
오셨으면 좋겠네.

천국은 아무나 갈 수 없는 나라다. 오로지 생명을 다하고 죽는 사람 중에 자격이 갖추어져야 갈 수 있는 곳이다.

하늘나라의 주인이신 하나님을 신앙했던 사람이라야 그곳에 갈 수 있다고 한다. 어떤 사람은 교회를 다니면 갈 수 있다 하고 또 어떤 사람은 예수를 믿어야 갈 수 있다고 한다. 나는 교회에 나간 지가 40년도 넘었다. 천국에 갈 수 있으면 좋겠다.

첫눈 내리는 날

함박눈 내린 날은 방안에서 꼼짝 마라
어머니 불호령에 발만 동동 구르다가
엄마가 한눈팔 때에
쏜살같이 뛰나갔네.

방에서 탈출하다 붙잡히면 또 나가고
엄마와 숨바꼭질 재미있는 추억이네
눈 온 날 강아지마냥
뛰놀던 때 그립다.

첫눈이 오는 날은 동심으로 빠져들고
춤추며 노래하고 즐거웠던 어린 시절
뛰놀던 개구쟁이들
보고 싶고 그리워라.

2017년 정유년 겨울은 유난히 추웠고 제주에도 눈이 자주 내린다는 뉴스를 접했다. 무술년 설을 쇠고 난 후에 실버컴퓨터 교육장에 가기 위해 집에서 나올 때는 하늘은 첫눈이 올 것 같았다. 교육을 마치고 오는 길에 오늘은 쌀쌀한 날씨가 잔뜩 흐린 날이라 눈이 내리려나. 했지만, 눈은 내리지 않고 지나갔다. 진주는 눈이라고는 내리지 않는 곳이다.

찔레꽃 당신

동구 밖 철둑길가 찔레향기 진동하면
찔레꽃 당신 모습 눈앞에 서성이네.
따뜻한
어머니 품속
더듬던 때 그리워라

하얀 꽃 곱게 피면 어머니가 보고 싶고
꽃향기 맡을 때도 당신 체취 그리워라
찔레꽃
당신 품속을
언제쯤 파고들까.

어머니가 보고 싶고 그리울 때는 찔레꽃이 떠오릅니다. 찔레꽃향기는 따뜻합니다. 어머니는 당신이 가진 모든 것을 자식에게 다 쏟아 부었습니다.

찔레와 어머니는 닮은꼴입니다. 찔레는 새봄에 잎이 피면서 진딧물에게 그리고 꿀벌에게 가진 것 다 내주고 보릿고개 넘던 시절은 찔레 새순을 제공해 시장기를 면케 했습니다. 꽃과 향기를 꿀벌에게 아낌없이 제공하는 것이 어머니와 같습니다. 나에게는 찔레꽃 당신은 어머니입니다.

얼마나 먼 길이면

어머님 가신 곳이 얼마나 먼 길일까
떠난 지 오래인데 아직도 못가셨나
날마다
반가운 소식
오기만 기다리네.

가신 길 비탈지고 험한 길에 힘들지만
여자는 약하지만 울 엄마는 강하신데
얼마나
먼 길이기에
편지 한 장 없으실까.

어젯밤에 〈서민갑부〉라는 프로그램을 잠깐 봤었다. 어릴 때 척추장애로 등뼈가 튀어나오고 키가 작고 주위에 시선이 두려웠던 여인이 횟집을 운영하며 20억 재산을 모았지만 세상 일찍 떠난 어머니를 그리며 눈물 흘리는 모습에 나도 따라 울었다. 꿈속에서나 어머니를 만나보고 싶으나 무슨 일인지 꿈에도 보이지 않으신다.

어머니와 장모님

폭염에 날은 덥고 비지땀이 흐르는데
저 집서 팔아줄까 이 집 가면 팔아줄까
무정한 오뉴월 해가
머리 위에 불 지피며

함지박 생선들이 고개를 짓눌리고
집마다 현금 대신 보리로 값 치르니
온종일 팔아내지만 머릿짐은 더 무겁네.

돈 없다 필요 없다 팔아주기 거절하면
돌아서 나올 때는 흐른 눈물 삼키다가
다른 집 들어서면서
눈물흔적 감추셨네.

어머님 장모님도 두 분 모두 자식 위해
한평생 바친 희생 높고 낮다 말 못하리
한 많은 생을 살다간 어머니들 애달프다.

장모님께서 함지박에 생선이며 참외수박 사과 같은 과일을 머리에 이고 수십 리 길을 다니며 함지박장사를 해서 10남매를 대학공부를 시키신 분이다. 어머니도 아버지가 농한기를 틈타 만들어 준 싸리광주리를 팔러 다니셨다.

어머니(1)

뱃속에 나를 품고 열 달 동안 고생하며
긴긴 밤 엄동설한 배고픔도 참아내고
햇볕이 따뜻한 봄날
이 몸을 낳으시고

봄 가뭄 보릿고개 주린 배를 움켜쥐고
무더위 땡볕 아래 남의 집에 품팔이로
한평생 자식을 위해
당신 몸 바치셨네.

삶의 질 풍요로워 살고지고 좋으련만
꿈같은 세상에서 잠깐 살다 가시었네.
한 많은 여자의 일생
어머니 삶이어라

이 세상 살기 좋아 오래 살고 싶다시며
손녀들 당신 품에 어르시다 가셨으니
자식들 잘사는 것도
못 보고 떠나셨네.

어머니(2)

날 춥다 옷 입어라 배고프다 밥 먹어라
길 가다 한눈팔면 위험하다 걱정하고
한평생
이 자식 위해
쏟은 정 가없어라

아들이 일 나가면 온종일 노심초사
저녁 때 귀가해야 맘 놓던 어머니가
마실에
가신 것처럼
가시더니 소식 없어

울 엄마 나를 낳고 삼신상을 차려놓고
잘 크고 건강해서 부자 되라 기도하신
날 위한
기도제목을
못 이뤄 죄송하네.

어머니가 세상 26년 전에 설을 쇠고 엿새째 되는 날에 돌아가셨다. 일 나갔다가 임종을 못한 것이 두고두고 죄송스럽다.

어머니가 가신 곳

어머니 계시는 곳 하늘나라 그곳에는
사다리 타셨을까 비행기를 타셨을까
한없이
높고 먼 길을
어떻게 가셨을까

돈 있고 건강해도 권력 있고 똑똑해도
아무나 갈 수 없는 하늘나라 꿈의 동산
그리운
어머니 보러
가는 길을 모르겠네.

불쌍한 어머니께 효도하려 했었는데
무엇이 바쁘셔서 급하게 떠난 당신
어이해
꿈나라에는
오시질 못하나요.

사모곡

아람이 벌지 않은 밤송이 속 풋밤 꺼내
속 비늘 벗겨내고 내 입에 쏙 넣어주고
와사삭 씹는 소리에
껄껄대신 내 어머니

홍시는 먹기 싫다 붕어빵은 배부르다
내 입엔 꿀맛인데 당신께선 싫다 시니
무엇을 잡수셨기에
하루 종일 배부를까.

앙상한 뼈만 남아 야위어진 체격으로
무거운 맷돌 돌려 풀대 죽을 쑤셨으니
겉보리 방아를 찧어
끼니를 이으셨다.

어릴 때 철부지는 부모은공 몰랐으니
딸 낳아 키워보니 어머니 맘 알겠구나
효도를 하려 했더니
어느새 떠나셨네.

---

*풀 대죽 = 여물이 덜든 보리를 갈아 쑨 죽.

부모형제 계신 곳

부모님 계시는 곳 멀고 먼 하늘나라
날마다 그곳에는 천국잔치 열린다지
노래 춤
흥에 빠지셔
날 잊고 계시는가.

그리운 어머니를 만나볼 수 있으려나
밤마다 꿈속마당 애타도록 헤매지만
얼마나
먼 곳이기에
오시지를 못할까.

누이가 보고 싶어 그리움이 사무치네.
친구에게 말했더니 그곳은 멀고 넓어
바닷가
모래밭에서
서숙 알 찾기라네.

---

*서숙 = 오곡(五穀) 중의 하나인 조를 말한 것임

부모

이 한 몸 낳으시고 길러 주신 부모님이
내 옆에 바라보고 계실 걸로 아는 바보
늦게야 깨달았지만
떠나시고 안 계시네.

부모님 살았을 때 정성들여 모셔야만
뒤늦게 땅을 치는 후회 없는 삶을 하지
이 세상 떠나신 후에
후회하면 무엇 하나.

지나간 버스 타려 손들어도 소용없듯
소 잃고 외양간을 잘 고치면 무엇 하나
효도는 오늘 해야지
내일은 너무 늦네.

대부분 사람들이 오늘 할 일 미루다가
이 세상 떠난 부모 다시 볼 수 없으니
황천길 떠나간 후에
울어대도 소용 없네

보고파라 울 어머니

눈 덮인 동네어귀 한 바퀴 빙 돌고나면
손발이 꽁꽁 얼어 동태처럼 굳은 손을
따뜻한
젖가슴 품에
파묻었던 어린 시절

그때가 그리워라 보고파라 울 어머니
사십년 타향살이 하루라도 잊었던가.
어이해
꿈나라에는
오시지 않으실까.

나는 누이동생과 다섯 살 터울이다. 그 바람에 젖을 다섯 살 때까지 먹었다고 한다. 상당히 오래도록 어머니 젖무덤에 손을 파묻었던 기억이 있다. 시도 때도 없이 어머니를 그리며 꿈속에서나마 만나보고 싶지만 어머니가 오시질 않으신다.

당신이 보고 싶습니다

어머니 보고 싶소 오늘 같은 명절날은
내 맘이 심란할 땐 더욱 더 보고 싶소
돌맞이 아기 때처럼
엄마엄마 부릅니다.

날마다 내 맘속에 어머니가 그려져요
눈뜨고 감을 때도 나타나는 당신 모습
눈앞을 빙빙 돌다가
어디론가 가십니다.

차디찬 겨울바람 오늘처럼 쌩쌩 불 때
화롯불 피워놓고 옛날얘기 듣던 시절
어느새 잠이 들었던
그때가 그리워요.

지난겨울은 유난히 추웠습니다. 늙으니 몸도 맘도 춥고 외롭습니다. 나이를 먹어가니 오늘처럼 설날이나 추석 명절 때는 왜 외롭고 쓸쓸할까. 어린 아기가 어머니 품속에서 벗어나지 않으려는 것처럼 내 맘속에는 늘 어머니의 모습이 떠나지 않고 있습니다.

당신 모습

설 명절 추석 때는 어머니가 더 그리워
조용히 눈감으니 당신 모습 선명해요
따뜻한
당신 품속을
파고들고 있습니다.

태어나 자란 고향 산천은 변해가도
한평생 나를 보며 미소 짓던 당신은
그 모습
예나 지금도
변함이 없습니다.

옛날 어릴 때는 설날 되면 즐거웠지만 늙어지니 냉랭하기만 하다. 오히려 외로우며 쓸쓸함이 엄습하기도 한다. 요즘은 시도 때도 없이 어머니 모습이 그립다. 오늘처럼 설 명절 때는 어머니가 더 보고 싶다. 눈감으나 뜨나 어머니 모습 선명하게 그려지지만 웬일인지 꿈속에서는 어머니를 만날 수 없다.

늙은 아이

유모차 밀고 가는 노파 보며 울컥울컥
시장통 좌판 위에 홍시 보고 눈물 뚝뚝
늙으면
아이 된다는
옛말이 맞나 보네.

어머니 그리워라 누이도 보고파라
나이가 들어가니 어린아이 되는건가
눈물샘
넘치는 날이
날마다 늘어간다.

언뜻 생각하면 늙으면 눈에 눈물이 말라버리고 울 일도 없을 것 같지만 나는 요즘 완전한 울보가 되어버렸다. 세상 떠난 누이가 보고 싶고 어머니도 보고 싶다. 아내가 퇴근하면서 들고 온 빨갛게 잘 익은 홍시를 보는 순간 어머니 모습이 눈앞에 서성거려 울컥했다.

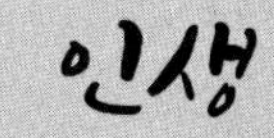
인생

행복한 삶

땅 위에 모든 이가 아픈 사연 있는 것을
고난이 나에게만 찾아온 줄 잘못 알고.
수많은
낮과 밤 동안
괜한 한숨 쉬었구나.

세상을 살아가며 행복하게 살려거든
하늘을 보지 말고 낮은 데를 쳐다보라
부모님
가르치신 것
늦게야 깨달았네.

나는 지난 삶을 남의 밥그릇 쳐다보기를 하며 살았었다. 남의 밥그릇은 크기도 하고 쌀밥인데 나는 왜 그릇도 작고 보리밥일까. 남들은 좋은 학교, 좋은 직장을 가서 돈을 잘 버는데 하며 늘, 열등의식에 사로잡혔다. 아무리 발버둥을 쳐도 돈이란 눈이 있는 것인지 나에게는 찾아와 안기지 않았다.

나보다 나은 사람 행복한 사람을 쳐다보면 한없이 불행하게 느껴지고 나보다 불행한 사람을 쳐다보면 한없이 행복해진다.

패가망신

성욕도 물욕이나 식욕이나 마찬가지
버리면 좋을 것을 욕심으로 망한 자들
한평생
쌓아올렸던
공든 탑이 무너졌네.

욕심이 장성하면 죄를 낳고 죽는다고
야고보 성경말씀 듣고 보지 못했었나
푸른 집
살려던 꿈이
안개처럼 사라졌다.

국어사전에도 없는 신종 단어인 미투가 미국에서 우리나라에까지 상륙했다. 성폭행 사건으로 정치인, 문학거인과 연극·연예계의 거장들이 속수무책으로 곤욕을 치르고 온 나라가 시끌벅적하다.

폐지 줍는 노인

이마가 땅에 닿는 저 노파가 애처로워
주름진 얼굴에선 땀방울이 송알송알
걷기도
힘든 나이에
유모차에 폐지 줍네.

날마다 정부에선 전국에 폭염특보
바깥에 활동자제 문자를 보내는데
당사자
늙은이들은
듣도 보도 못하네.

오늘도 행정안전부에서 폭염경보를 내렸다. 야외 활동 자제하라고 스마트폰에 문자 메시지가 들어왔다. 휴대폰조차도 없는가 하면 문자 메시지를 읽을 줄 모르는 노인이 많다. 이들을 직접 찾아가서 폭염경보 내렸다고 전해 주어야 맞을 성 싶다. 정작 필요한 사람은 이런 주의예보나 경보문자를 받지 못하는 사람들이 많다.

포장마차

너절한 손수레 위 두덕두덕 비닐천막
여름밤 한길 가에 자리 잡은 포차 안에
두 친구 정을 나누며
소주잔이 오고 가네.

뜨겁게 달구어진 솥뚜껑 철판 위에
왕소금 튀는 소리 토닥토닥 요란하고
꼼장어 아가씨들이
발가벗고 춤춘다.

불청객 소나기가 포차 지붕 두드리면
그 장단 가락 맞춰 왕새우 등 발개지고
정담을 주고받으며
삶의 애환 무르익네.

---

* 한국시조협회에 신인문학상에 당선된 작품입니다.

쳇 병

세상엔 희귀질환 병(病) 종류 많고 많다.
그런 체 안 그런 체 모두 다 쳇병환자
하 많은
불치병 중에
무서운 건 쳇병이다.

있는데 없다 하고 없는데 있다 하고
알면서 모르는 체 모르면서 아는 체
불치병
쳇병환자는
패가망신 병이라네.

6·13지방선거가 끝났다. 이번 선거로 패가망신한 사람도 많았을 것이다. 각종 암과 희귀질환이 많지만, 이런 것들은 치료하면 병을 극복할 수도 있다. 애국자도 아니면서 애국자처럼, 양심불량자가 선한 사람인 것처럼, 했으면서도 하지 않은 것처럼 하는 쳇병은 고질적인 병이라고 뜻있는 사람들이 이구동성으로 외친다.

저 구름 인생처럼

동산에 누웠더니 하늘바다 새파랗고
외로운 조각배가 정처 없이 가는구나.
그물도 내리지 않고
물고기는 언제 잡나.

저 배는 어인 일로 가는 길을 재촉하나
수평선 넘고 나면 돌아올 수 없는 길을
기왕에 가시려거든
술 한 잔 들고 가소.

인생도 저 구름도 한번 가면 못 오는 길
저 구름도 인생처럼 쉬지 않고 달려가네
하늘 길 머나먼 길을
바쁘게 가는구나.

어리석은 부자

세상엔 바보처럼 사는 사람 너무 많다
모은 돈 아까워서 쓰지 않고 죽는다고
비웃던 그 사람들도
죽을 땐 마찬가지.

꼬부랑 할머니가 일손 놓고 살면 될 걸
돈 없고 집이 없나 아들 있고 딸도 있고
금과 은 재물 많은데
평생을 일만 한다.

날마다 죽기 살기 쉬지 않고 일만 하며
많은 돈 쌓아놓고 죽고 마는 삶을 보고
세상은 어리석다고
입방아 찧는 거지.

인생은 생사화복 한 치 앞도 모르는데
허리띠 졸라매며 모은 재산 쌓아놔도
오늘밤 목숨 다하면
재물은 뉘 것 되나.

늙어 죽을 때까지 일만 하다가 모아놓은 재산을 그대로 두고 죽는다. 사람마다 자기는 어리석은 짓을 하지 않겠다고 말해놓고 정작 죽을 때는 그대로 두고 죽는다. 인간은 참 어리석다.

옥탑방 노인

선풍기 에어컨을 돌려도 더운 날에
꽉 막힌 옥탑방에 노인부부 걱정이네
이 나라
빈부격차는
언제쯤 좁혀질까.

한낮에 삼복더위 밤새도록 열대야네
날마다 불볕더위 펄펄 끓는 지옥이다
말복이
지날 때까지
늙은이들 안 죽겠나.

요즘 노인 인구가 늘어가고 있다. 옥탑방이나 지하 단칸방에 살고 있는 사람들이 자녀가 있다는 이유로 기초수급자에서 제외된 노인들이 많다.

인생길(1)

인생길 걷는 것은 가난하고 부자이든
지위가 높은 사람 낮은 사람 남녀노소
모두가
가야 하는 길
피할 수 없습니다.

다음에 시간 날 때 한가할 때 미루다가
맘대로 적당할 때 시간 정해 갈 수 없고
무시로
쉬었다 가는
그런 길 아닙니다.

요즘 평균수명 늘어났다. 하지만 길어야 백 년 짧으면 칠팔십 년을 산다고 치면 아침안개와 같은 인생이다. 하나님께서는 공평하게 적용한 것은 낳고 죽음이다. 어느 누구라도 인생길 한번 가면 되돌아오는 것은 용납하지 않으셨다.

인생길(2)

강물이 흘러가면 되돌아서 오지 않고
세월도 가고나면 다시 오지 못하듯이
인생길
떠나고 나면
돌아오지 못한다네.

흘러가는 강물과 흰 구름과 세월처럼
누구나 한번 가면 돌아올 수 없는 길을
구슬픈
노래 부르며
그 길을 나도 간다.

세월 참 빠르다. 어느새 황혼이다. 하룻밤 자고 난 기분인데 내일모레 고희가 눈앞이다.

남은 시간도 헛되이 보내버리면 새로 맞을 수 없는 것, 1분 1초 자투리 시간도 허투니 쓰지 않아야지 다짐한다.

인생길(3)

인생이 가는 길이 왜 이렇게 가파를까
쉼 없이 가도 가도 오르막길 계속이네
힘들고 고달픈 길을
비척비척 걸어가네.

친구나 다른 사람 가는 길은 평탄한 길
좋은 길 편안하게 걷는 듯이 보이지만
내 길은 험해 보이고
굽은 길 끝이 없네.

우리가 가야 하는 인생길은 가시밭길
힘들고 어려워도 가야 하는 길이라고
되돌아 올수 없는데
알면서도 걸어간다.

오늘이 사월 초파일 인생허무를 설법했던 부처님 나신 날이다. 인생길 걸어갔던 사람이 되돌아올 수 있는 문제는 아무도 해결하지 못했다. 사람은 빈손으로 왔다가 빈손으로 돌아가는 것 사필귀정이니….

생로병사

땅 위에 만물들이 나고 죽음 정해진 것
공수래 공 수거는 인간이면 사필귀정
누구나
나면 죽는 것
부여받은 숙제라네.

세월이 빠르다고 슬퍼하면 무엇 하나
누구나 젊다가 늙는 것은 공평한데
하늘이
주신 운명을
즐겨 살면 좋잖을까.

사람에게는 누구나 4개의 숙제인 생로병사를 신께서 공평하게 주셨다. 늙고 병들고 죽음을 피해 보려고 진시황이 불로초를 구해보려고 애썼으나 젊은 나이에 죽었다.

생로병사(2)

네 가지 받은 숙제 피할 수 없다 하니
남과 북 두 정상이 평화 위해 악수하듯
찾아온
생로병사를
친구처럼 맞아야지.

태어나 늙어지고 병들어 죽는 일을
한평생 괜한 걱정 불안하게 살았구나
멍에 된
무거운 짐을
벗고 나니 편안하네.

이처럼 인간은 생로병사를 임의로 정할 수 없는 것이니 살고 죽는 것을 주인이신 분께서 알아서 할 것이다. 행복한 삶은 각자가 맘먹기에 달려 있다고 봐야 할 것이다.

사는 법

강물이 흐른 대로 바람이 부는 대로
흐르면 따라가고 불어대면 밀려가고
하늘 뜻 어기지 않고
사는 법 깨달았네.

나와 너 사는 처지 비슷해야 친구 되며
서로가 끼리끼리 맘 통해야 편안하고
몸집이 크고 작으면
어깨동무 불편하다.

남보다 앞장서면 교만하다 소리 듣고
뒤에서 따라가면 겸손하다 칭찬 듣네
사랑방 좌담회 때도
이런 방법 좋잖을까.

레스토랑이나 커피숍을 갈 때는 옆 사람이 하는 대로 따라 할 수밖에 없다. 괜스레 아는 척했다가 낭패를 당하게 된다. 살아가는 방법도 남보다 유별나게 하지 않고 남들처럼 하며 살면 낭패를 당하지 않는다.

무상

인생길 누비면서 하지 못할 일이 많다.
태평양 넓은 바다 태산처럼 높은 산은
사람은 막을 수 없고
감출 수 없잖은가.

태산이 높다지만 하늘 밑에 있다는데
용을 써 올라 봐도 정상은 안 보이니
하루해 길지 않은데
괜한 용을 썼나 보네.

하늘 밑 땅보다는 바다가 더 넓은 것
바닷물 퍼내어서 육지에 가두려고
난 정말 어리석은 짓을
하면서 살았구나.

우리가 높은 산을 말할 때 태산을 말한다. 오를 수 없는 산으로 알고 있다. 나는 타고난 복주머니가 조그마한데 다른 사람처럼 큰 복을 쟁취해 담으려 용을 썼지만 이루지 못한 채 덧없는 삶 속에서 황혼을 맞고 말았다.

똥 묻은 개

똥 묻은 더러운 개 악취가 진동인데
재 묻은 개를 보고 더럽다며 문 닫는다
재 씻고 들어오라니
기막힐 일 아닌가.

내가 뀐 방귀냄새 독한 줄 모르듯이
자기 똥 더러운 줄 느끼지 못하면서
남이 뀐 방귀냄새에
문 열고 나가란다.

똥이 더 더러울까 재가 더 더러울까
자기 똥 구린 줄을 모르는 것 인지상정
괜스레 물었나 보다
재가 더 더럽다네.

옛날 필자의 고향에서는 왕겨를 왕재라고 불렀고 등겨를 재라고 불렀다.
성경에 예수가 말했다. 자기 눈에 티는 보지 못하면서 남의 눈에 티는 잘 본다고 말했다.

사랑

짝사랑

날 새면 한두 번은 마주쳤던 그녀에게
오늘은 용기 내어 사랑고백 하리라고
맘속에 다짐했지만
말 못하고 우물쭈물

해 질 녘 만났을 때 사랑고백 하려다가
홍당무 내 얼굴이 그녀에게 부끄러워
해 지고 어두워져도
고백하지 못했던 때

좋은 걸 말 못하고 짝사랑만 하던 시절
중매꾼 올 때마다 애태웠던 그 친구는
꼬부랑 할머니 되어
잘 살고 있을 테지.

4~50년 전에 우리 마을에 청년들은 서울바람을 맞으러 떠났지만, 여자 친구들은 홀치기 베를 짜는 일을 하며 고향에서 살다가 시집가서 사는 친구들이 많이 있었다.

밤이면 면소재지 가설극장에 가기도 하고 편을 갈라, 민화투 놀이를 하고 놀았다. 짝사랑만 하다가 닭 쫓던 강아지 꼴이 되고 말았다.

사랑은 나누는 것

사랑은 아무나 하는 것이 아니면서
쪼개어 나누기는 쉽고도 어려운 것
이웃을 내 몸과 같이
여기라고 하였으니

사랑을 나누는데 금은보화 필요 없고
자본금 필요 없어 남녀노소 누구든지
가까운 이웃에부터
찾아가 나누라네.

믿음과 소망 사랑 그중에 사랑이라
기도와 사랑으로 못 이룰 것 없다 하니
예수님 십자가 사랑
값없이 나누란다.

냄새도 나지 않고 모양도 알 수 없고
눈에도 안 보여도 지극히 거룩한 것
누구나 나눌 수 있는
숭고한 사랑이네.

믿음과 소망, 사랑 중에 제일은 사랑이라 성경에 있는 말씀이다. 세상에서 제일 많이 사용되고 있는 말이다.

사랑 전하리

한평생 내가 받은 하늘이 준 많은 사랑
값없이 받았으니 나눠줘야 않겠는가
이웃을 사랑하라고
하신 말씀 따르리라

지난날 이웃에게 손 내밀지 못했으니
가난한 이웃에게 큰 사랑을 전하리라
이제는 내가 앞장서
손잡아 줘야겠네.

잘 익은 벼 이삭이 고개 숙여 땅을 보듯
겸손한 마음으로 교만하지 않아야지
예수님 가르침대로
사랑을 전하리라.

이 나이가 되도록 기도할 때 내 가족과 자신만을 위해 기도했으니, 예수님 말씀대로 이웃을 위해 기도하려 하지만 내 코가 석자라서 항상 나만을 위해 기도하기에 바빴다.

쌍둥이

앞서 난 손자 녀석 2분 늦은 손녀아이
우리 집 쌍둥이는 이란성 오누이라
넝쿨째
굴러 들어온
호박을 본 듯하네.

손자는 힘도 세고 아무 때나 울지 않아
손녀는 걸핏하면 닭똥눈물 흐르나니
동산에
선악과 사건
그 법칙을 적용한다.

저네들 집에서는 스마트폰을 만지지 못하게 하니 외갓집에 오는 매주 토요일과 주일날 오전까지 스마트폰에 푹 빠져 있다. 게임을 즐기다 보면 자정 무렵에나 잠을 잔다. 게임에 빠져 할머니가 시켜주는 목욕을 거부하기에 손자 녀석에게만 고함을 질렀다.

쌍둥이 애가(愛歌)

얼라 둥 절라 둥이 이쁜 둥이 쌍둥이들
뭐하다 이제 왔니 어디 갔다 이제 왔니
어여쁜 쌍둥이들아 많이많이 보고팠다.

하나님 주신 선물 너희들이 온다기에
설레는 마음으로 기다리며 행복했다
한없는 기쁨 속에서 너희들을 맞았단다.

너희가 한날한시 이 세상에 올 때에는
맨주먹 불끈 쥐고 아무것도 갖지 않고
우렁찬 울음 울면서 씩씩하게 왔었단다.

예쁘고 건강하게 무럭무럭 잘 자라서
삼천리 방방곡곡 금수강산 구석구석
어둠을 찾아다니며 밝은 빛을 비추어라.

2011년 쌍둥이 남매 손자손녀를 맞으면서….

산비둘기

참새 떼 왁자지껄 모이사냥 열심인데
덩치 큰 산비둘기 하루 종일 홀로 앉아
무엇을 생각하나
요동도 하지 않네.

소나무 우듬지에 비둘기 맘속에는
콩밭에 가 있다는 옛말이 있잖은가
말 못할 무슨 사연이
분명히 있을 테지

하루 해 길지 않아 금방 날이 어둘 텐데
짝 잃은 비둘기가 넋을 빼고 앉아 있다
먹어야 사는 것인데
외 비둘기 걱정이네.

먹어야 양반이라는 속담이 있다. 선학산 아래 아카시아 우듬지에 앉아있는 산비둘기가 움직일 줄 모르고 그대로 마냥 앉아 있기만 했다.

부활하신 예수님

예수님 부활하셔 하늘에 계시면서
마지막 심판 날에 나에게 알리실까
언제쯤
재림하실까
지은 죄가 겁이 난다.

어느 날 오시는지 오늘일까 내일일까
오실 때 구름 타고 도적같이 오신다지
예수님
오시는 날은
아무도 모른다네.

교회에서 나눠주는 계란을 받으면서 부활 주일날을 실감했다. 오랜 기간 교회에 다니지만 처음 나갈 때 몇 년 동안 즐거웠지만 나이가 들수록 거꾸로다. 정말 예수님이 나를 사랑하실까. 재림을 하실까. 만약에 재림하시면 나는 부활을 할 것인가. 구원을 받을 수 있을까…?

더 좋더라

믿음과 소망사랑 제일은 사랑이라
어떠한 선물보다 사랑선물 더 좋더라.
따뜻한
말 한마디가
나에게 감동 주네.

금과 은 돈 없어도 사랑하면 되는 거지
부부간 오손도손 자녀들이 우애 있게
흥부네
사는 것처럼
화목하면 더 좋더라.

사랑한다. 따뜻한 말 한마디면 된다. 흥부네처럼 가난하게 살더라도 화목하게 살면 곧 행복이다.

내리사랑

자식은 부모사랑 부모는 자식사랑
서로가 주고받는 공평한 사랑이지
낳아서 길러준 은혜를
자식들은 잊고 산다.

앞세대 사람들이 치사랑을 실행하며
날마다 효도하며 공경하며 살았듯이
자녀도 부모를 위한
치사랑을 해야 하지.

신세대 자식들은 내리사랑 하느라고
북망산 넘는 부모 쳐다보지 않고 살다
강가에 무덤 만들고
울어댈까 걱정이네.

자식을 길러봐야 부모은공 안다는데
요즘에 자식들은 자기새끼 기르느라
부모는 늙고 있는 것
알지 못해 야속하다.

사회

회전의자

윗자리 고급의자 등허리 따뜻하고
무시로 빙글빙글 도는 자리 앉았지만
바늘로 찌른 것 같아
편안치 않았으리

키가 큰 찰벼이삭 참새 눈에 잘 보이고
튀 나온 모퉁잇돌 석수에게 정 맞듯이
뒤통수 노리는 자가
두고 보지 않으리

고위직 높은 자리 푹신푹신 회전의자
엿장수 마음대로 오래 앉지 못할 거야
하늘 뜻 따르는 자가
그 자리를 차지하네.

고위직 높은 자리는 값비싼 회전의자라 편할 것 같지만 다리 넷 달린 일반 서민들의 식탁에 의자가 더 편하다. 6·13 지방선거로 수령 자리 일등석에 앉은 사람들이 검찰에 출두하는가 하면 언론에 매일 구설수에 올라 심기가 불편한 방백이 있다.

휴대폰

버스나 전철 타면 모두 다 같은 모양
요지경 속에 빠져 헤어나지 못하네
책 읽고
꿈을 키우던
학동들은 어디 갔나.

잠잘 때 머리 위에 외출할 때 손에 들고
어른도 어린이도 휴대폰에 빠져 사니
휴대폰
없는 세상을
어떻게 살았을까.

요즘은 휴대폰을 주머니에 넣지 않고 손에 들고 다닌다. 버스나 지하철 열차를 타면 하나처럼 스마트폰만 들여다보고 있다.

호랑이보다 무서운 것

호랑이 곶감보다 더 무서운 놈이 있어
나이가 많든 적든 몸집이 크든 작든
통째로
삼켜버리는
미투란 놈 더 무섭다.

형체도 안보이고 냄새도 감추면서
바다를 건너왔나 하늘을 날아왔나
미투 놈
설레발 통에
온 나라가 들썩이네.

흰옷 입은 사람

제주도 4·3 사건 여순사건 겪은 이들
낮에는 우익에게 밤에는 좌익에게
간장이
녹아내리는
쓰라린 삶 누가 알까

무명베 흰옷 입고 땅만 파던 사람들이
사상을 알았던가 이념을 알았던가
멍에는
언제쯤 벗고
편안히 잠을 잘까.

제주도민과 여수, 순천 주민들이 낫 놓고 기역 자도 모르며 사상과 이념이 무엇인지 모르는 사람들이 억울하게 죽었다. 거창에 신원면 주민들도 무슨 죄가 있어 죽었나, 이때 죽은 영혼들은 현충일 기념식 때마다 편치 못할 것이다. 누구는 국가유공자가 되고 누구는 아직까지도 불명예 멍에를 벗지 못함은 안타까운 일이다.

형제

두 손을 마주잡고 우리가 남이던가.
남과 북 형제들이 싸우다 웃고 있네.
같은 피
뜨겁게 도니
배달민족 아니던가.

칠십년 싸우다가 형제는 용감했다.
뒤늦게 철들었나 두 형제가 포옹하고
다시는
싸우지 말자
두 손 잡고 흔드네.

역사적인 4·27 남북정상회담이 열렸다. 지금 미국과 북한이 축구 시합을 한다면 북한이 이기라고 목메어 응원하리라. 우리는 형제이니….

피는 물보다 진한 것

얼마나 놀랐던가. 북미남북 회담연기
뜻밖에 두 정상이 다시 만나 악수하네
통일이
눈앞에 온 듯
내 가슴이 벅차오네.

신록의 오월이라 붉은 장미 만발한데
사 이칠 무산되나 쓸어내린 내 가슴에
붉은 피
물보다 진한
형제의 정 뜨거워라.

팔이 안으로 굽는다. 피는 물보다 진하다. 남과 북은 같은 형제 같은 피다. 4·27 정상회담이 무산될까 봐 얼마나 가슴을 쓸어내렸는가. 트럼프 대통령이 성미가 급함은 세계가 알듯 북미 정상회담도 물 건너가는가 생각하며 미국의 눈치를 봐야 하는 우리나라가 아슬아슬한 외줄타기를 하고 있다가 남북 두 정상이 깜짝 만남을 보면서 우리는 같은 피가 흐르고 있음을 다시 한 번 깨닫는다.

판문점 회담

판문점 암자에서 두 신선이 바둑 둘 때
한반도 허리 잘려 칠십년이 지나가고
흑백 돌
가린지 오래
장고에 빠져있네.

남과 북 두 정상이 역사적인 만남이 이루어졌다. 4·27회담으로 남북이 산가족이 바람이 이루어지게 되었다. 아니 어찌 이산가족뿐이겠는가 남북한 7천5백만 모두의 바람이 아니겠는가.

큰 나무

더러운 똥 묻은 개 짖는 소리 듣지 말고
못 본체 못들은 체 하셨으면 좋았을 걸
한평생 민주화 위해
쏟은 피땀 아까워라

슬프다 안타깝다 대쪽 같은 곧은 절개
이 나라 큰 나무가 속절없이 꺾였으니
폭염 속 삼복더위에
그늘 없이 어이 사리

차라리 꺾이겠다. 구부러진 삶은 싫다.
구차한 변명 따위 명예회복 되겠냐고
대장부 남아의 기개
국민에게 보이셨네.

노 의원 노 대통령 어찌 그리 닮았을까
세상에 한평생을 못다 이룬 크신 뜻은
한 곳에 다 내려놓고
편안하게 잠자소서.

2018년 7월 26일 노회찬 의원을 기리며….

자주독립

얼마나 원했던가 우리나라 자주독립
남북이 허리 잘린 칠십여 년 비극이다
한겨레 칠천오백만
당사자가 이뤄야지

한반도 남북문제 삼자회담 사자회담
감 놔라 배를 놔라 남의 제사 간섭마라.
오천년 이어온 사직
조상님이 부끄럽다.

잔소리 늘어놓는 시어머니 구박에다
시누이 사사건건 간섭하면 더 밉듯이
울면서 겨자 먹기는
언제까지 해야 할까.

오늘 아침 뉴스에는 김정은과 시진핑이 다정하게 바닷가를 걸으면서 얘기하는 장면이 뉴스에 보였다. 이를 본 트럼프가 기분이 좋겠느냐고 방송에 출연한 평론자의 말이다. 남북한과 미국이 참여한 3자회담과 중국이 참여한 4자회담이 우리나라 통일에 도움이 될까?

어깨동무

남북한 핵문제로 한미관계 한중관계
풀기가 골 아픈데 엎친 데에 덮치는 격
독도에 침을 흘리는
일본이 얄밉구나.

서로가 맘 통하니 어깨동무 편안타며
남북한 두 정상이 웃는 모습 배 아파서
잠자다 봉창 두들기는
그들 심보 알만하네.

하늘도 땅도 아는 우리 땅 독도인 걸
남북한 어깨동무 방해공작 속셈이다
물보다 피는 진하다
맞잡은 손 안 식는다.

새 정부가 탄생되고 평창올림픽이 열리더니 한반도에 서광이 비추고 있다. 남북한 화해 분위기가 무르익는 시점에 우리 땅 독도를 자기네 땅이라고 주장하는 일본이 얄밉다.

얼음판 위 두 요정

얼음판 미끄러워 서있기도 힘들 텐데
환상적 춤동작에 넋을 잃고 바라보네
애절한
사랑표현에
신혼 때가 그립구나.

춤추다 달리다가 공중뛰기 아슬아슬
엉덩이 나풀나풀 각선미가 아름답다
두 요정
춤추는 모습
학처럼 아름답네.

평창 올림픽 빙상장에서 온갖 재주를 다 부린다. 김연아의 뒤를 이을 최다빈 선수와 아리랑을 배경으로 한 듀엣 커플의 연기에 우리 부부도 애절한 애정표현을 했던 때가 있었던가. 넋을 잃고 쳐다봤다.

일등석

동료가 앉은자리 밀어내려 호시탐탐
그 자리 앉으려고 물밑작전 치열하네
오르면 끌어내리고
또 오르다 떨어지네.

누구나 높은 자리 앉고 싶은 일등석은
주인이 따로 있다 언감생심 말아야지
아무나 앉을 수 있나
하늘에서 정해주리

일등석 앉아야만 서울 땅을 빨리 밟나
KTX 비행기도 일등석만 고집하네
일반인 앉은 자리도
맘 편하면 되는 거지.

문재인 정부에 농림축산부 장관의 청문회가 진행되고 드루킹 사건에 휘몰린 도지사가 18시간 특검조사를 마치고 나왔지만 재소환을 한다느니 구속영장을 청구한다느니 소문이 무성하다. 순탄하게 자리를 유지하는 사람이 드물다.

이해 안 되는 것

이해가 안 되는 것 이 땅에는 너무 많다
담배 팔아 돈을 벌며 금연운동 하는 나라
흡연은 해롭다면서
병 주고 약을 주네.

십자가 예수님이 부활승천 믿음으로
영원히 죽지 않는 천국에 간다면서
이 땅에 오래 살려고
애쓰는 것 이해 안 돼.

한반도 우리나라 사계절이 뚜렷한데
더운 날은 비가 오고 추운 날은 눈이 와야
겨울철 진주지방에
흰 눈 구경 언제 할까.

이 땅에서 힘들게 살더라도 예수 믿으면, 천국 가서 영원히 죽지 않고, 행복하게 살 수 있다고 설교를 하는 목사님들이 세상에서 오래 살기 위한 만반의 준비를 하고 있다.

재산을 모으고 노후를 위해 각종 보험을 들고 건강검진을 하면서 죽지 않으려고 애쓰고 있는 것은 이해할 수 없다.

서울

사람은 서울 살면 귀한대접 받고 살며
소나 말이 살기에는 제주도가 지상천국
그곳은
아무나 사나
복 받은 자 사는 데지

전국에 뚫려있는 크고 작은 모든 길이
하늘 길 땅 위 길도 서울로 향하지만
그 길은
아무나 가나
돈 있어야 가는 거지.

정치경제 문화예술 스포츠 모든 것이 서울에 본거지가 있다. 지방 소도시에 살다 보니 열등감에 사로잡혀있다. 내가 활동하는 문학모임에 참석하고 싶으나 하루 동안 시간낭비는 둘째 치고 차비만 해도 신사임당 지폐가 두 장은 날아간다. 사람답게 서울 가서 살고 싶으나 나에게 있는 재산을 다 모아도 서울에 달동네 전셋값도 안 되니…… 가난한 지방문학인은 소외되고 변방에서 놀 수밖에 없다.

서울 길

이 나라 모든 길은 서울로 향하는데
그곳에 보물 있나 황금이 숨겨졌나
서울 길
가는 행렬은
언제쯤 한가할까.

이 나라 문학단체 서울에 몰려 있어
가난한 글쟁이는 변방에서 바라보네
언제쯤
그들과 함께
시 쓰고 읊어 볼까.

경제문화 예술 스포츠 모든 분야의 기관들이 서울에 몰려 있으므로 모든 행사가 그곳에서 거행된다. 6월에도 한국수필가협회와 한국시조협회 행사에 두 번이나 참석해야 할 일이 있어 걱정이다. 아무래도 참석을 포기해야겠다.

법은 형평(衡平)해야

국법은 지위고하 남녀노소 공평하고
갑과 을 상하관계 차별 두면 아니 되지
정확한
법 적용해야
좋은 나라 아닌가.

억울한 무전유죄 빽이 없어 차별받고
고위직 재벌들은 교도소도 대우받아
새 정부
체제에서도
변함없어 슬프다.

배고픈 좀도둑은 만기수감 석방되고
수백억 꿀꺽했던 콧바람 센 공직자는
지은 죄
무겁고 큰데
얼마 후 풀려나네.

고위공직자에게는 법의 잣대를 더 엄하게 들이대기를 국민들은 바라고 있다. 일반 국민과 같이 대우해야 옳다.

무전유죄 유전무죄

가난해 무전유죄 부자라서 유전무죄
선량도 사흘 굶어 담 뛰 넘지 않겠는가
배고픈 좀도둑들은
법 적용이 정확하네.

없는 자 저울추는 무쇠처럼 무거운데
가진 자 법의 잣대 갱엿처럼 들쭉날쭉
만민이 공평한 법은
언제부터 적용될까.

힘세고 가진 사람 못 가진 자 구별 말고
이 나라 공직자는 국민보다 모범돼야
권력자 특별대우가
민초들은 슬프다.

더 무서운 것

이 세상 재앙 중에 무서운 것 물었더니
핵무기 지진재앙 각종 암을 손꼽지만
시와 때 가리지 않는
성 폭탄이 무섭다네.

남과 북 무력전쟁 일어날까 겁나지만
노벨상 대통령 꿈 인기스타 연예인 꿈
푸른 꿈 물거품 만든
미투란 놈 더 무섭다.

아닌 밤 홍두깬가 벌건 대낮 벼락인가
이 땅에 하필이면 큰 재앙이 내렸을까.
성 폭탄 위력이 큰데
당한 사람 헤어날까.

지난날들에 있었던 성폭력 사건들이 봇물 터지듯 해, 온 나라가 충격에 빠져 있다. 유일한 노벨문학상 후보와 차세대 유망한 대통령 후보와 정치 지도자들과 연예, 종교, 문화와 법조계 등 성폭력 미투 폭탄이 연일 터지고 있다.

등기우편 요금

누구나 주머니에 동전소지 싫어할 것
관공서 각종 세금 십 원 단위 적용하니
한 움큼
거스름동전
울면서 받고 있네.

우체국 등기요금 십 원 단위 불편하네.
몇 십 원 내기 위해 지폐내고 받은 동전
바람도
불지 않는 날
주머니가 무겁구나.

우편요금표에는 끝전 10원 단위가 모두 따라 다녔다. 천원 지폐를 주고 백 원 동전 9개와 10원 동전 한 움큼을 거스름으로 받았다. 창구에 비치되어 있는 불우이웃돕기 통에 10원 동전들은 넣었으나 기분은 좋지 않았다. 요즘은 길거리에서 100원 동전도 줍지 않는 세상인데 하물며 10원 동전을……. 이건 아니다. 퉤퉤

남북축구

남북한 대표들이 축구시합 하고 있네
양쪽에 기둥 세운 드넓은 골대 안에
둥근 공 차 넣기인데 어느 팀 응원하나

남에서 강슛한 공 공중비행 날아가고
빠른공 몰고 오는 북쪽선수 좋은 기회
강하게 날아간 공이 골대를 맞고 간다.

칠 미터 골대 안에 차 넣기가 어렵나봐
차라리 골이 터져 승부나면 좋잖을까
골대만 때리는 공에 눈이 있나 신기하네.

양쪽에 선수들이 화가 나면 큰일이지
상대편 정강이를 걷어차면 어떡하나
양 팀이 싸울까 싶어 내 맘이 불안하다.

남과 북 무승부로 끝냈으면 좋겠는 걸
가쁜 숨 몰아쉬며 쏟는 땀이 비와 같고
기어이 이겨야 하나 무승부가 좋잖을까.

남북대화

두 정상 역사적인 판문점 회담장에
두 손을 부여잡고 악수하던 4·27날
두 눈에 흐르던 눈물
마르지도 않았는데

남과 북 상호비방 적대행위 하지 말고
확성기 철거작업 남북통일 외쳤는데
공중에 전투기들이
비행훈련 웬 말인가

철부지 형제들이 다투다 화해하고
울다가 웃으면서 자란다고 한다지만
칠십년 싸우던 형제가
철들어야 않겠는가.

공중에 B-52와 F-22, 핵폭격기가 공중을 맴돌고 일부 보수파들이 바람에 실려 보낸 삐라들이 북한을 자극했다. 계획된 방미이지만 문 대통령이 미국으로 날아갔다. 화기애애했던 4·27 두 정상회담을 보며 국민은 얼마나 설레었던가. 이대로 가다가는 6·12 회담은 이루어질 것인가 축구경기를 하는 것처럼 심히 염려스럽다.

남북 이산가족

삼천 리 금수강산 아름다운 우리나라
가운데 허리 잘라 울타리를 막은 자여
칠십년 지나갔으니
철거하면 좋겠구나.

새들도 물고기도 추울 때는 남쪽으로
더우면 북쪽으로 자유롭게 오고간데
남과 북 부모 형제는
오고갈 날 언젤까.

긴 이별 아니라고 마실을 가는 듯이
한두 밤 자고나면 다시 온다 해놓고선
애통타 한 많은 생이
하나둘 눈을 감네.

두고 온 고향산천 한 식경에 가는 거리
돈 없어 못 가는가 차가 없어 못 가는가
천국에 가는 것보다
고향 가기 더 어렵네.

꿈에도 소원은 통일

지구촌 세계에는 우리처럼 가위눌려
허리가 두 동강 난 아픔 가진 나라들이
하나로 통일 이루고
알콩달콩 살고 있다.

남예멘 북예멘과 동독과 서독이나
숙적인 베트남도 하나 되어 껴안았다.
오래전 철조망을 걷고
사는 모습 부러워라

허리를 감아놓은 철사 줄을 걷어내고
휴전선 그어놓은 빨간 줄도 걷어내면
꿈에도 소원은 통일
어렵잖게 이루리라.

판문점에서 지금 끊어진 남북철도를 잇는 회담을 진행하고 있다고 한다. '우리의 소원은 통일 꿈에도 소원은 통일' 이런 페이스로 남북대화가 이어지면 꿈의 통일은 머잖아 이루어질 조짐이 보인다.

세월

세월 빠르구나

하루가 쏜살같이 한 달도 금방금방
망아지 엉덩이에 불난 듯이 빠르구나
한사코 뛰기만 하니
다리가 안 아플까.

설 쇤지 엊그젠데 번개처럼 빠른 세월
날 밝아 눈을 뜨고 하루를 시작하면
어느새 해는 서산에
작별인사 고하자네.

시간을 아끼려고 발버둥을 쳐보지만
어느새 봄날 가고 찬 가을이 오는구나
매정히 가는 세월을
뒷짐진 채 바라본다.

바빠도 너무 바쁘다. 눈코 뜰 새 없다. 엊그제 벚꽃이 피더니 벌써 아카시아가 지고 있다. 세월이 너무 잘 간다.

세월을 누가 당하랴

무거운 폐지 싣고 비척대는 저 늙은이
늙기도 서럽거늘 유모차를 밀다 끌다
세월을 누가 당하랴
가다서다 하고 있네.

여행을 해보았나. 맛있는 걸 먹어봤나
우물 안 개구리로 동네서만 터줏대감
한평생 자식을 위해
바친 희생 누가 아리

포승줄 동여매고 차꼬수갑 묶이었나
얼굴에 땀이 줄줄 천근만근 짐을 진 듯
천국에 올라가 계신
어머니도 저랬으리

남편은 어디 갔나 아들딸도 안 보이고
날마다 고독한 삶 여생이 얼마일까
불쌍타 저 늙은이는
행복한 날 있었던가.

허리가 굽은 할머니가 유모차를 밀면서 폐지를 줍는 것이 예사로 보이지 않고 돌아가신 어머니를 보는 것 같다.

세월에게 받은 선물

유모차 밀고 가는 허리 굽은 할머니가
세월에게 받은 선물 맘에 들지 않았나 봐
얼굴에 미소도 없고
시름 가득 짊어졌네.

유아용 유모차를 밀고 가면 편타는데
한사코 영감님은 지팡이만 짚으실까
등 굽은 할아버지가
남자라고 주장한다.

억지로 떠맡기는 세월선물 거절 못해
늙은이 그 심정을 어느 누가 알아주리
팔구십 늘그막고개
오르기 싫다 시네.

노인복지회관에서 제공하는 점심식사를 하기 위해 할머니들이 유모차를 밀고 오고 간다. 몇 년 전에 농촌마을에 갔더니 예닐곱 할머니들이 유모차를 밀고 가는 풍경을 보면서 그 이유를 몰랐다. 늦게 알았지만 허리가 아프고 등이 굽어 걷기 불편해 유모차에 의지하며 걷는 것을 알았다. 할아버지들은 아무도 유모차를 이용하지 않는다. 지팡이만 의지한다.

세월(1)

무조건 앞만 보고 가는 세월 무정하다
따르기 힘이 들어 잡은 끈을 놔버릴까
차라리 죽으라는 듯
뒤 돌아 보지 않네.

세월 끈 꽉 붙잡고 하소연을 해야 할까
당신이 무정하다 불평불만 해볼까나
잡은 끈 거둘 것 같아
가슴만 매만진다.

이 몸이 나이 묵어 사대육신 노쇠해져
묵묵히 가는 세월 따라가기 힘이 든데
쉬면서 천천히 가지
그대는 야속하다.

세월이 참 빠르다. 하루 한 달 일 년이 금방 지나간다. 나는 요즘 무척 바쁘다. 해야 할 일이 너무 많다. 삭신은 여기저기 쑤셔댄다. 세월의 끈을 놓는 날은 죽는다는데….

세월(2)

하늘 밑 땅보다는 바다가 더 넓은걸
한평생 바닷물을 모래밭에 가두려고
얼마나 용을 썼던지
심신이 지쳐있네.

한우물 파다보면 맑은 샘물 나올까 봐
물맛도 보지 못한 샘만 파다 늙었으니
난 정말 어리석게도
바보처럼 살았구나.

오르지 못할 나무 쳐다보지 말았어야
오르다 떨어지고 또 오르다 곤두박질
세월만 흘려보내고
몸과 맘이 병들었다.

가난하고 나이 많은 부모님 슬하에서 힘든 삶을 극복하기는 정말 어려웠다. 평생을 가난에 복수라도 해야겠다는 신념 하나뿐 안 먹고 안 쓰면 재물이 모아지고 꿈도 이루어지지 않을까 했지만 결국은 내 몸은 망가져 버리고 바닷물 파다가 모래밭에 붓는 격이 되고 말았으니… 결국 남은 것은 늙어빠진 몸만 덩그러니 남았을 뿐이다.

세월에 장사 없다

나에게 오는 세월 어떻게 막겠는가
왔다가 가는 세월 어떻게 잡겠는가
온다면 맞아들이고
간다면 보내야지.

시루에 떡가루가 켜켜이 쌓이듯이
해마다 한 살 두 살 나이만 묵었으니
성했던 사대육신이
여기저기 탈이 나네.

화려한 일장춘몽 되돌려 꿀 수 없는
신기루 쫓아다닌 허무한 꿈인 것을
세월에 장사 없단 말
이제야 알겠구나.

지난 어느 날 나를 돌아보았다. 어느새 환갑을 넘은 지 오래고 내일모레 70이 눈앞에 와 있다. 꿈꿨던 일들은 이룬 것 별로 없고 몸은 늙어버린 것을 깨달았다.

세월은 강물처럼

강물이 흐르듯이 세월도 흐른다지
묵묵히 흘러가는 세월과 저 강물은
가는 곳 어디인지나
알고나 흘러갈까

떠난 길 되돌아서 올 수가 없다는데
오라는 이가 있나 부지런히 가는 구나
잠시도 쉬지도 않고
피곤하지 않은가봐

이 몸도 흘러가는 세월과 강물처럼
가는 곳 어디인지 알지도 못하면서
지친 몸 쉬지 못하고
터벅터벅 따라가네.

정말 세월은 빠르다. 보랏빛 꿈들은 하나도 이루지 못하고 벌써 황혼길 걷고 있다. 맘은 젊은데 몸동작이 둔해진다.

머리에서부터 발끝까지 성한 데가 별로 없다. 백내장과 임플란트 시술을 차일피일하고 비염과 척추협착증세가 나를 지치게 한다. 혈압과 비염치료제. 전립선 질환 치료약을 오랫동안 복용하고 있다.

세월을 원망하랴

세월은 흘러가는 유수와 같다더니
내 나이 회갑 지나 내일모레 칠십인데
승리한 선봉장처럼
성큼성큼 잘도 가네.

찾아온 세월에게 문전박대 했었나봐
외로움 쓸쓸함을 홀로 안고 갔을 거야
이제는 깨달았으니
어깨동무 마중하리.

허황된 푸른 꿈을 좇아가다 늙었으니
무심코 흘려보낸 지난날을 원망하랴
뒤차로
오는 세월과
남은 생을 살아가리.

사람들이 자주 하는 말이다. 세월 가면 늙는다고 가버린 세월을 애걸복걸한다고 늦춰지지 않는다. 찾아오는 병마와 세월에게는 친구처럼 대해야 한다고 한다.

세월이 가는 곳

강물이 흘러흘러 바다로 간다는데
세월은 흐른 후에 어디로 가는 건지
아무도 모른다 하니
누구에게 물어보나

이 몸이 가는 곳도 어디인지 모르겠고
세월이 가는 곳이 어디인지 알 수 없어
그들이 달려가는 곳
어디엔가 있을 테지

인생길 가는 길이 어디인지 모르지만
세월을 따라가다 도중하차 할 것이야
사람이 죽고 나서야
가는 곳을 알 것 같네.

사람이 죽고 나면 세월이 가는 곳을 알 수 있을는지, 세월이 가는 곳이나 인생이 가는 곳이 거기가 거기 아닐까. 예수를 믿는 사람들은 어디를 가는지 알고 있다는데 나는 교회를 다닌 지 수십 년인데 왜 긴가민가할까.

세월의 짐

세월이 지고 온 짐 가볍게 받을 것을
무거운 짐도 있고 가벼운 짐 더 많은걸
괜스레
가벼운 짐을
무겁게 짊어졌네.

세월아 친구하자 반갑게 맞았더니
달콤한 선물들이 한가득 들어있어.
맘 문을
굳게 닫았던
지난날을 후회한다.

세월과 친하게 지내야 하는 것을 깨달았다. 늙고 병마가 찾아오는 것을 무조건 거부를 하지 말고 같이 공생하는 것이 현명한 방법이라고 한다. 나이가 들어가면서 몸에 변화가 오지 않는 것이 오히려 비정상이라고 말하는 사람도 있다.

세월과 강물은 이란성 쌍둥이

세월은 강물처럼 강물은 세월처럼
묵묵히 흐른다고 모두가 이구동성
흐르는 강과 세월은
쌍둥이가 맞나보다.

시인은 하나처럼 강과 세월 시를 쓰며
세월도 강물처럼 흐른다고 읊어댄다
가는 곳 물어봤더니
묵묵부답 말이 없다.

바다로 흘러가는 강물을 쳐다보고
세월이 가는 곳을 질문하면 묵묵부답
이들은 모르는 듯이
꿀 먹은 벙어리네.

사람들은 모두 세월이 빠르다고 말한다. 강물처럼 흐른다고 하며 쏜살같다고도 하고 번개같이 빠르다고 말한다.

문명이 극도로 발달했다. 그렇지만 가는 세월을 붙잡을 수 있는 방법은 없다. 따라서 인간도 수명을 몇 년은 늘릴 수 있지만 천년만년 사는 것은 불가능하다.

세월이 더 빠를까 강물이 더 빠를까

세월이 더 빠를까 강물이 더 빠를까
달리기 선수처럼 달리기만 하는 구나
두 선수
지치고 나면
쓰러질까 걱정이다.

봄에도 가을에도 여름이나 겨울에도
낮이나 밤중에도 쉬지 않고 경주하며
달리는
강과 세월은
승부가 언제 날까.

이들이 달리기를 멈추는 날이 이 세상이 종말의 날이라고 해야 할까 싶다.

세월과 강물이 가는 곳은?

세월과 저 강물을 따라가는 사람들은
가는 곳 알고 갈까 그것이 궁금하다
뒤따라가는 행렬이
줄지 않고 이어지네.

흐르는 저 강물과 세월도 가고나면
다시는 올 수 없듯 인생도 마찬가지
어디로 가는 것인지
알고 가면 좋잖을까.

세월도 저 강물도 뒤따르는 사람들도
되돌아 올 수 없는 같은 길을 가고 있네
하숙생 나그네처럼
정처 없는 길을 간다.

세월이 준 노쇠현상

이 몸이 늙은 것을 난 정말 깜박했고
찾아온 노쇠현상 몸동작이 둔해지니
세월이 쏜살같은걸
뒤늦게 깨달았네.

어릴 땐 흘러가는 세월이 안 보이고
젊어선 빠른 세월 아는 이가 있었으랴
세월이 흐르는 것을
황혼 돼야 아는 거지

매정히 가는 해를 바라보고 애걸하면
야속한 하루해가 더 빠르게 숨는구나
멍하니 서쪽 하늘만
쳐다보며 넋을 잃네.

수많던 검은머리 어디론가 가고 없고
귀 섶에 흰머리만 듬성듬성 남았으니
대머리 부끄러워서
빨간 모자 쓰고 있다.

젊어선 왜 몰랐을까, 세월이 빠른 것을 이제야 깨달았지만 세월을 붙잡아 두기는 이미 늦었다. 노쇠현상이란 선물을 남겨놓고 간 야속한 세월이다.

세월의 흔적

젖과 꿀 생명수가 흐르는 오아시스
눈앞에 가물가물 보일 듯 어른거려
숨차게 쫓아왔더니
세월의 신기루네.

세상에 태어나서 허구한 날 꿈만 찾아
한평생 광야사막 헤매다가 지쳤는데
또 다시 오아시스는
저 멀리 펼쳐진다.

세월이 가져다준 보따리를 펼쳤더니
패잔병 남기고 간 눈물 어린 흔적들만
육십년 허무한 애증
두덕두덕 붙어 있네.

이 몸이 늙어 지쳐있어 저 멀리 보이는 오아시스를 찾아 발걸음을 뗄 자신이 없다. 신기루처럼 보일 듯 잡힐 듯, 꿈을 쫓아다니다 늙어버렸다.

이루고자 했던 수많은 꿈들이 하나둘 물거품이 되어버리는 것을 깨닫는다. 해가 서산에 뉘엿뉘엿 하는데 금방 어두워질 텐데 하는 맘이 앞선다.

세월이 정해준 법칙

입추 날 가을 통보 꿈쩍도 않더니만
말복 날 저녁때는 꽁무니를 빼는 폭염
세월이 가는 곳에는
망나니도 비켜선다.

광적인 불볕 잉걸 삼복더위 열대야에
세월은 천하무적 여름더위 물러가고
존엄한 하늘 섭리를
확실하게 적용한다.

열려진 베란다로 찬바람이 들어오고
선풍기 끄고 자도 거실바닥 천국인걸
세월이 정해준 법칙
겸손하게 받아 읽네.

어제 말복 날 진주지방 곳곳에 뇌성이 울고 시원한 소나기가 쏟아졌다. 저녁때는 한결 시원해졌다. 프로야구를 시청하다가 선풍기를 끄고 부채질을 할 정도로 시원해졌다. 아내와 거실 바닥에서 누우니 아~ 천국이 이런 곳인가! 오랜만에 홑이불을 덮었다. 세월을 다시 한번 깨닫는 말복날 밤이었다.

세월 따라가는 인생

강물이 앞서다가 세월이 앞서다가
오누이 남매처럼 사이좋게 흐르는데
나는 왜 이들과 함께
가는 것을 겁을 내나

강물은 흐르다가 지치는 법이 없고
세월도 흐르다가 멈추지 않고 가네.
흐르는 세월과 강은
쉬는 날은 언제일까.

세월 가 늙어지면 지치는 인생인데
쉼 없이 달려가는 이들이 야속하다
지친 몸 기진맥진해
쓰러질까 걱정이네.

세월 따라가는 년

한사코 가는 년(年)을 쳐다보고 있었더니
멈추려 하더니만 한눈팔 때 가버리네
세월 년(年) 야속 하구나
엉큼하고 비겁한 년

세월 년 가고 올 땐 숨바꼭질하는 것을
가는 년 오는 년을 내 맘대로 할 수 없네.
그년이 오고가는 걸
어떻게 막고 잡나

잠잘 때 한눈팔 때 야금야금 가는 년을
무정한 세월 년에 목을 매면 무엇 하나
올 때는 맞아들이고
갈 때는 보내야지.

세월이 오고 가는 것을 우리 눈으로는 볼 수는 없다. 마치 바람과도 같다. 나뭇잎과 꽃잎이 움직이는 모습을 보고 동쪽에서 부는지 남쪽에서 부는지 짐작할 수는 있다. 이처럼 세월이 오고 가는 모습을 직접 볼 수는 없지만 계속 어디론가 가는 것은 분명하다.

세월이 가자는 대로

바람이 부는 대로 구름이 가는대로
날 새면 일어나고 밤 되면 잠을 자고
세월이
가자는 대로
따라가면 그만이지

가자면 따라가고 놀자면 같이 놀고
해 뜨면 일어나고 밤 되면 잠을 자고
이들이
하자는 대로
따라하면 되는 거지

인간이 세월 따라 이 세상에 왔을 때
무엇을 갖고 왔나 빈손으로 왔잖은가
내 것은
하나도 없다
돌려주고 가야 하네.

세월 덧없어라

사나운 풍파 같은 모진 세월 덧없어라
수많은 보랏빛 꿈 이루지도 못할 바엔
차라리 발이나 뻗고
잠이나 즐길 것을

내 맘은 청춘인데 몸동작이 둔해지니
도원에 집짓기는 언제 하고 시를 읊나
서산에 해가 지는데
왔다 갔다 하고 있네.

끝없는 망망대해 풍랑 만난 조각배가
날마다 노만 젓다 너울파도 만난 듯이
보물섬 가려던 꿈은
물거품에 묻는구나.

찌든 가난에서 해방되고파 돈 벌어 부자가 되고 언덕 위에 그림 같은 집을 짓는 꿈을 꾸며 살았었다. 돈은 눈이 있는지 좀처럼 부자가 되는 꿈은 이룰 수 없어, 나이가 나이인지라 포기하고 뒤늦게 문학에 뛰어들었지만 한 장르만 했어야 했다. 시. 수필. 소설. 요즘은 시조 쓰기를 하느라 바쁘다. 어느 것 하나 확실하게 매조지 한 것이 없으면서 말이다.

세월이 준 선물

따뜻한 봄도 주고 고운 꽃도 안겨줘서
반갑게 맞았더니 좋은 것이 아니더라
세월과
즐기는 동안
나도 몰래 늙었더라.

세월이 주는 선물 받을 것이 못 되더라
무심코 날름날름 먹었더니 병이더라
종착역
가까웠으니
내릴 준비 하라 하네.

유언장을 미리 작성해 놓는 사람이 있다고 한다. 나도 진작부터 유언장을 작성해놓아야 한다면서도 아직 마지막 편지를 써놓지 못하고 있다.

세월 가도 늙지 않네

서울에 할머니는 귀부인 티가 나고
잔주름 하나 없고 입술은 앵두 같아
무엇을
먹고 마셨나
세월 가도 늙지 않네.

미수된 시골 노파 사흘 동안 굶었나봐
얼굴에 쭈글쭈글 크고 작은 주름 많고
꼬부랑
할머니가 된
큰 누님이 불쌍하다.

매주 토요일 아침, 모 공영방송에 노인세대 50여 명이 출연해서 토크쇼 형식으로 진행되는 프로그램이다. 칠팔십대 방송출연자들은 화장을 했다고 하지만 갓 회갑 지난 사람처럼 보였다. 같은 연배의 시골에서 초청받아 출연한 사람하고는 얼굴과 차려입은 모습이 너무 많이 달랐다. 고향에 허리가 굽어 이마가 땅에 닿는 큰누님이 생각난다.

가버린 세월

좋은 일 궂은일로 바쁘게 살다보니
어느덧 강과 산도 내 얼굴도 변했구나.
덧없이 가버린 세월
한숨이 절로 난다.

어릴 때 친구들과 뛰놀던 추억 찾아
내 고향 금의환향 파란 꿈은 일장춘몽
하나둘 물거품 되어
강물 위에 흘러간다.

오랜 꿈 바람들이 보일 듯이 잡힐 듯해
용을 써 다가가면 저 멀리서 손짓하니
지친 몸 일으켜 세워
쫓아갈까 망설이네.

맘 같아서는 할 수 있겠다 싶지만, 몸이 따라주지 않는다. 오래전 계획했던 일들을 자꾸만 뒤로 미루고 있다. 아내와 해외여행을 하고 써놓은 글들을 책으로 옮겨 쓰는 일, 더 급한 건 병 치료다. 척추협착치료, 비염치료, 임플란트 등등.

깜박했던 60년

어릴 때 꿈이었던 문학소녀 깜박한 채
육십년 세월 동안 꿈을 잊고 말았으니
글쓰기
꿈을 이루게
세월이 허락할까.

이것을 해야 하나 저것을 해야 하나
매조지 한 것 없고 갈팡질팡하는 새에
창밖은
어두워지고
하루가 금방 간다.

시조를 쓰다 말고 소설을 끼적끼적
온종일 읽다 쓰다 눈코 뜰 새 없는 요즘
서산에
해 지는 것을
쳐다볼 여유 없네.

봄 여름 가을 겨울

푸른 대나무

날 가고 달도 가고 해가 지난 오랜 세월
수천 년 대를 이어 한마음 한뜻으로
부정한 맘은 버리고 청렴한 삶 살았다.

봄 되면 꽃을 피워 색색으로 단장하고
가을엔 분홍 노랑 고운 옷을 갈아입고
거드름 피우는 나무 부러워 않는다.

위로만 한 칸 두 칸 집을 짓고 살아가며
층층 방 넓히면서 비싼 도배하지 않고
빈방에 검은 재물도 채우지 않았다.

망나니 심술궂은 비바람과 태풍 와도
이리저리 흔들리다 변함없이 바로 서고
구차한 변명 따위는 절대로 하지 않네.

수천 년 이어오던 세한고절 곧은 절개
영원히 존경받는 대나무로 변함없이
푸른 잎 곧은 절개를 대대로 이어가리.

폭염

하찮은 미물들도 무더위가 힘든가봐
폭염에 지친 매미 노랫소리 끊어지고
열대야 더위에 지친
모기떼도 오지 않네.

낮과 밤 불볕더위 열대야를 쫓기 위해
선풍기 돌렸더니 지쳤다고 빌빌거려
수돗물 끼얹어 봐도
땀방울이 금방 솟고

한여름 삼복더위 수은주가 오르는데
에어컨 켜면 될 걸 부채질만 하고 있어
땀방울 굵어지는데
바보짓만 하고 있다.

수십 년 유례없는 불볕더위 계속이라
더워서 못 살겠다 가을은 언제 오나
불만을 터뜨렸더니
조금만 참으라네.

춘설(春雪)

겨우내 계속해서 궂은비만 내리더니
춘삼월 다 가는데 갑작스런 꽃샘추위
하늘이
실수를 했나
춘분날 눈이 오네.

늦잠 잔 매화꽃이 깜짝 놀라 떨고 있네
늦은 봄 눈 폭탄은 아닌 밤중 홍두깨지
꽃피는
춘삼월 봄날
하늘만 쳐다보네.

아침에 일어나니 창밖에 눈이 하얗게 쌓여 있다. 좀처럼 눈이 내리지 않은 곳이라 진주에는 사람도 자동차도 눈에는 약하다. 춘삼월 하순인 21일 오늘 춘분날에 눈이 오다 진눈깨비로 내렸다.

진주에 첫눈

무서운 호랑이가 곶감 보고 겁을 내듯
차들이 웅크리며 벌벌 떨고 겁을 낸다
덩치 큰
자동차들이
엉금엉금 기고 있네.

행인도 자동차도 겁쟁이가 되었는지
모두 다 놀란 표정 동심은 어디 갔나
첫눈이
내리는 날에
종종걸음 걷고 있다.

진주에는 몇 년 만에 처음 0.1cm쯤 적설량을 잴 수도 없을 만큼 첫눈이 내렸다. 차량들이 거북이걸음을 하고 내리막길이 미끄러워 엉덩방아도 찧는 사람이 있었다.

오월 우박

금강산 백두산에 오월의 푸른 산하
오가는 꿈을 꾸고 기분이 좋았는데
오월에
우박내린 듯
개꿈 되게 할 것 같다.

판문점 공동구역 통일각 안에서는
남북한 두 정상이 또 다시 번개팅을
점점 더
무르익는 꿈
선잠 깰까 걱정이네.

4·27 판문점 정상회담에 이어 적대행위를 금지하기로 하고 악수를 하는 모습에 통일도 눈앞에 다가온 것 아닌가 생각했다.

6·12 북미정상회담을 기대를 걸고 있었는데, 한미연합훈련에 기분 상한 데다, 리비아식 핵해법 발언에 남북 고위급회담과 북미 정상회담도 하지 않겠다고 으름장을 놓았다. 신록의 계절에 때아닌 오월우박이 행복한 꿈을 짓밟고 있다.

오월인데

오월은 신록계절 나에겐 엄동설한
立夏가 오늘인데 발 시림 시험주네
내 몸에
내린 체벌은
언제쯤 거두실까.

계절이 바뀌어서 여름이 시작인데
현대판 욥의 재앙 나에게 내리시네.
비염과
척추협착은
거두어 주옵소서.

4월이 다 지나가도 비염 영향으로 숨쉬기가 불편하더니 코 막힘은 어느 정도는 뚫렸으나 맹맹하면서 매워 재채기가 나며 불편하다. 그런가 하면 척추협착증세로 동지섣달 겨울에 밖에 나가 놀던 때 꽁꽁 언 발처럼 발이 시리다. 혈압. 전립선질환약은 오래전부터 복용한다.

아카시아 꽃

비탈길 오르면서 다리 허리 아팠지만
신록의 오월 맞는 선학산길 향기롭다.
그립던
아카시아가
연인처럼 나를 맞네.

얼마 전에 인터넷에서 선학산 전망대가 있는 정상에 핀 철쭉이 아름답다는 글을 읽었다. 차일피일하다가 늦게 올랐더니 꽃이 져버려 아쉬웠었다.

아카시아나무들이 버선발로 나를 맞기에 만개한 꽃향기를 맡으러 오겠다고 다짐을 했었다.

가는 길이 장날이라 하더니 하필이면 바람이 세게 불어 꿀벌들의 군무를 보지 못해 아쉬웠다. 그러나 꽃향기는 맡았으니 위안 삼으며 볕 좋은 날 다시 선학산에 오르리라.

새 봄 맞기

어느새 허무하게 늙어버린 육신이라
봄 처녀 맞으려니 얼굴이 화끈거려
내 맘은
아직 젊은데
몸뚱이가 아니 다네.

산자락 진달래와 활짝 핀 벚꽃 보며
열일곱 소년처럼 내 맘이 설레더니
어여쁜
새봄 처녀를
맞고 나니 부끄럽네.

새봄이 온다고 해서 예쁜 여자 친구와 꽃놀이 산책을 할 형편도 아니다. 그렇지만 흐드러지게 핀 벚꽃이 그리고 개나리와 산자락에 발갛게 핀 진달래가 내 맘을 설레게 한다.

열일곱 소년처럼 내 맘이 설레지만, 맘은 청춘인데도 몸동작이 예전처럼 활발하지 못하니….

봄 편지

따뜻한 양지쪽에
자리 잡은 매화들이

해님이 배달해온
봄 편지를 읽고 있고

봄바람
솔솔 부는데
개나리는 잠만 잔다.

선학산을 오르다 보면 하얗게 핀 매화들이 산을 오르는 사람들을 반갑게 맞는다. 봄이 왔다는 것을 실감한다. 그렇지만 개나리들은 언제쯤 꽃망울을 터뜨릴지 앙증스럽게 핀 개나리꽃이 피어야 완연한 봄이라 하지 않겠는가.

봄이 오는 소리

봄 처녀 아지랑이
진주남강 노닐 때면

갯버들 가족들이
두런두런 속삭이고

살며시
고개 내밀며
민들레가 웃고 있네.

봄소식에 가장 민감한 것이 버들강아지다. 강가에나 개울가에 주로 자생하는데 가세한 수꽃이 촉을 내민다. 어릴 때 간식거리가 없던 시절 버들강아지 열매가 배고픔을 잊게 했다. 우리는 개밥열매라고 불렀다.

봄비 오는 날

혹독한 겨울 추위 지루하게 겪고 나니
불청객 꽃샘추위 새봄처녀 괴롭히다
하늘에 계절섭리를 깨닫고 물러간다.

경칩 날 개구리가 하품하며 잠을 깨니
봄소식 알려주려는 봄비가 주룩주룩
동백꽃 산수유가
방긋 웃고 찾아온다.

춘삼월 맞았더니 내 몸이 가볍구나
겨우 내 멍에였던 내복 벗어 던졌더니
용감한 소년 때처럼
내 맘에 꽃이 피네.

내가 살고 있는 곳에서 상평동 송림공원 안에 노인복지관과 실버컴퓨터 교육장이 있는 곳까지 빠른 걸음으로 30분이 걸린다. 집에서 나왔더니 날씨가 따뜻해서 갈 때 올 때 땀을 많이 흘렸다. 입었던 내복을 과감하게 벗어 던졌더니 봄비가 주룩주룩 내리고 있다.

계절의 섭리에는 동장군도 어쩔 수 없는 듯, 고통스런 추위는 이제는 물러갔나 보다.

봄바람

봄바람 차갑다고 전봇대가 엉엉 우네
윙 윙윙 소리 내어 우는소리 구슬프다
춘 사월
꽃피는 봄날
불청객이 찾아 왔네.

얄밉고 심술궂은 뻥덕어미 심술인가
겨울옷 다시 찾는 저 노인이 측은하다
활짝 핀
벚꽃 잎들이
울면서 가고 있다.

어제 오전까지 내리던 봄비가 그치더니 오후부터는 봄바람이 너무 세게 불어댔다. 전봇대에서 겨울바람 불 때 소리 내는 것처럼 위잉 소리를 내고 있다. 벗었던 내복을 다시 입었다. 오늘 아침 교회를 가는데 아내는 겨울콤비를 입고가라고 성화다.

진주남강 강변도로에 벚꽃나무들에서 꽃비가 내리는 것같이 벚꽃 잎들이 속절없이 바람에 날아가고 있었다.

봄눈(春雪)

꽃핀 봄 시샘하는 꽃샘추위 해코진가
봄인 줄 알았더니 폭설이 내렸구나
신혼집
무너질까봐
까치부부 걱정이네.

어젯밤 내린 눈이 도로가 빙판이라
자동차 통행금지 사람도 보행금지
오솔길
둘레길 모두
심술부려 지워놨네.

어제 춘분날 오랜만에 진주에 눈이 내렸다. 녹지 않고 그대로 쌓였다면 자동차나 사람도 꼼짝 못하고 묶였을 것이다.

봄

봄 처녀 행차 소리 산과들이 왁자지껄
산수유 매화꽃은 덩달아서 싱글벙글
살며시 고개 내밀며
목련도 방긋 웃고

드디어 세상사람 기다리던 새봄인데
이 몸은 한 해 두 해 묵다보니 황혼이라
봄 처녀 나 좋아할까
괜스레 부끄럽네.

새봄을 맞으려다 지난 세월 돌아보네.
꽃핀 봄 왔다 가면 여름 가을 겨울오고
또다시 나이만 늘어
세월이 야속하다.

기상청에서는 비가 내리면서 예년 기온을 되찾겠다는 예보다. 드디어 겨울이 가는가보다. 오늘은 어제보다 더 기온이 많이 올랐다.

유난히 춥고 지루했던 겨울은 가고 새봄이 시작되는 경칩이 6일이니 이렇게 세월은 어김없이 흘러가는가보다.

민들레

봄소식 시샘하는 꽃샘추위 극성이라
봄 아씨 놀러 왔다 깜짝 놀라 주춤하고
길가는 사람들 모두
움츠리며 길을 간다.

꽃소식 전해 들은 나이 어린 민들레가
이른 봄 보도블록 틈새에서 꽃피우고
오가는 발걸음들이
멈칫하면 고개 든다.

뭍사람 발걸음에 밟히지 않으려면
꼿꼿이 서지 말고 낮은 자세 취하는 것
어린 꽃 민들레들이
생존법을 익혔구나.

수많은 사람들이 다니는 보도블록 사이에서 민들레가 꽃을 피운다. 아예 꽃대를 세우지 않고 바닥에 바짝 엎드려 꽃을 피운다. 꽃대 위에 조금만 높게 꽃이 피게 된다면 사람들의 발걸음에 여지없이 뭉개지고 말 것이다. 삶의 지혜를 민들레에게 배울 만하다.

매미

한여름 우리 동네 매미소리 구슬프다
소녀는 짝을 찾는 소리다고 얘기하고
시인은 평시조 읊는
소리라고 말을 하네.

어두운 땅속에서 세상 밖에 나오려고
긴 세월 칠 년 동안 어둠 속에 살았는데
여름만 살다 가라니
서러워서 살겠는가.

어렵게 찾은 세상 첫날부터 불볕더위
폭염에 삼복더위 그 고통을 누가 알까.
기구한 매미신세라
우는소리 이해되네.

한 마리의 매미가 되기 위해서 장장 7년을 애벌레로 기다린다는 말이 있다. 그러나 여름 한철 살다가 생을 마감한다고 한다.

인간도 사람답게 살아보기 위해서 몇십 년을 공을 들이지만 만족한 삶을 산 사람은 드물다. 모두가 삶이 가시밭길이었다고 얘기한다.

동백꽃(1)

나라의 부름 받고 전쟁터로 떠난 임을
애타게 기다리다 속절없이 죽어가며
하얀 눈 덮인 위에다
점점이 피 토하네.

차디찬 한겨울에 동백으로 환생을 한
눈 위에 떨어진 꽃잎들이 더 붉구나
얼마나 한스러우면
붉은 꽃을 피울까.

추위도 잊은 채로 보고 싶던 그리움이
낮보다 밤이 되면 더없이 사무치리
함박눈 내리는 날은
피눈물이 더 붉구나.

눈 위에 떨어진 동백꽃잎은 더 붉다. 빨갛게 피는 꽃들인 진달래와 철쭉, 동백과 할미꽃들이 모두 전쟁에 나간 남편이 죽고 나면 그리움에 죽어서 꽃으로 환생한다는 전설이 있다. 할미꽃만 다른 전설이 있다.

동백꽃(2)

전쟁터 머나먼 곳 임 보내고 기다리다
겨울에 환생해서 해마다 피고지고
작년에
피던 때보다
올해 더 짙게 피네.

보고픈 그리움에 가슴팍을 도려냈던
붉은 피 오랜 세월 한이 많아 선명할까
애타는
동백아가씨
노래 읊어 위로한다.

대부분의 꽃들은 질 때면 꽃잎이 한 잎 두 잎씩 떨어진다. 그러나 동백은 원형 그대로 모양도 색깔도 변하지 않고 그대로 땅에 떨어진다.

동백꽃(3)

기나긴 오랜 세월 핏빛 눈물 흘리면서
선죽교 적신 피가 이 나라를 지키느라
민족혼 동백이 되어
발갛게 타는구나.

고려 말 선죽교에 흘린 피가 식지 않고
세월이 흘러가도 붉기마저 변함없다
임 향한 일편단심이
동백으로 환생했네.

여자가 한 품으면 오뉴월에 서리 오듯
동백이 한 품으니 겨울에도 새빨갛고
그 고통 얼마나 컸으면
지금까지 핏빛일까.

고려 말 충신 정몽주가 선죽교에서 이방원 일파에 쇠뭉치 공격을 받고 흘린 피가 지워지지 않고 희미하게 남아 있다는 전설이 있다. 그런가 하면 사랑하는 임을 전쟁터에 보내고 돌아오기만을 기다리다 전사 통보를 받고 피를 토한 아내의 혼백이 동백꽃이 되었다는 전설이 있다.

단풍(1)

툭 하고 터질듯한 앵두처럼 잎이 곱고
립스틱 짙게 칠한 아내 입술 본 것 같아
빨간색
고운 잎 주워
살며시 입 맞췄네.

각시 때 아내 모습 단풍처럼 고왔었지
옛날에 젊었을 적 아내 입술 그립구나
그때가
언제이던가
세월이 무심해라

마지막 단장 하고 떠나가는 나뭇잎아
짧은 생 살다가는 나와 같은 길 간다지
내 삶을
보는 것 같아
한번 더 쳐다보네.

요즘 공원에나 아파트 화단에 심어진 단풍나무들이 산에 자생하는 나무들이 아니다. 봄에 잎이 피면서 붉은색이 있고 검붉은 색이 점점 새빨갛게 변해가는 등 잎이 큰 것도 있다.

몸은 늙었어도 젊은 맘은 변하지 않았는지 제일 큰 단풍잎들을 골라 한참을 들여다봤다.

단풍(2)

봄볕은 따뜻하고 가을볕은 뜨겁나니
가을밭엔 며느리를 봄밭에는 딸 보내는
숭고한 어미사랑을
단풍 보니 알겠구나.

얼마나 뜨거우면 나뭇잎이 불이 붙고
발갛게 번진 불에 온 산이 훨훨 탈까
가을비 소방대원도
타는 불 못 끄겠네.

멀쩡한 푸른 잎이 발갛게 타는 산에
수많은 사람들은 노래하며 찾아가네
불타는 나뭇잎들의
고통이 즐겁나봐.

갑자기 기온이 뚝 떨어졌다. 지난 28일 주일날, 교회에 가기 위해 강변도로를 따라가는데 가로수로 심어진 벚꽃나무와 느티나무 잎들이 아침부터 불어대는 가을바람에 단풍이 이리 뒹굴고 저리 뒹굴고 있었다. 낙엽이 마냥 아름답진 않다.

아! 이렇게 또 한 해가 가는구나! 2018년 10월 마지막 날….

능소화

한여름 폭염에도 불평불만 하지 않고
빈부도 차별 않고 직위고하 가림 없이
온 세상
사람들에게
겸손을 가르친다.

능소화 피는 자리 어엿한 여염집에
평범한 백성들은 언감생심 했던 옛날
그때가
언제이던가
태평가를 부르네.

내가 어린 시절 고향에서 서른 가까이 무렵만 해도 많지 않던 능소화가 요즘은 곳곳에서 위용을 자랑한다. 부잣집에서만 자란다는 말은 어떤 연유인지 모른다.

오월의 꽃 장미

꽃의 왕 장미꽃이 왕의 자리 올랐을 때
눈서리 맞지 않고 그 자리에 올랐을까
피눈물
흘리지 않고
빨간 꽃 피었으랴

오월은 푸르구나 노랫소리 들려오고
신록의 계절이라 이구동성 떠들어도
붉게 핀
계절의 여왕
오월의 꽃 장미라네.

요즘 주택담장이나 공공건물 울타리를 타고 올라가는 빨간 덩굴장미들이 아름답다. 한 송이 장미를 피우려면 엄동설한도 꿋꿋이 견디어 내고 봄을 맞았을 것 아닌가. 과연 꽃 중의 왕이며 오월은 장미의 계절이다.

고향

짝사랑

날 새면 한두 번은 마주쳤던 그녀에게
오늘은 용기 내어 사랑고백 하려다가
끝끝내 말을 못하고
입안에서 맴돌았다.

해 질 녘 만났을 때 좋아한다 말하려다
홍당무 내 얼굴이 그녀에게 보일까봐
어둔 밤 기다렸지만
사랑고백 못했었네.

좋은 걸 말 못하고 짝사랑만 하던 시절
중매꾼 올 때마다 애태웠던 그 친구는
꼬부랑 할머니 되어
잘 살고 있을 테지

갑돌이 갑순이는 서로 좋아 하면서도
밝은 달 쳐다보고 한없이 운 것처럼
둘이서 짝사랑하던
그 때가 그립구나.

순이와는 동갑내기였다. 동갑내기 남자가 나이대로 매듭을 지어 손목에 걸쳐주면 손목이 낫는다며 요구하기에 홀치기 실로 매듭을 만들어 손목에 끼워 주었다.

집 앞 논배미

집 앞에 논배미는 개구쟁이 놀이턴데
학교에 갔다 오니 어린모가 심어지고
어느새 개구리들이
하나둘 모여든다

호롱불 밝힌 빛이 사립문을 새어나와
논배미 환해지면 노래공연 시작되고
여름밤 깊어 가는데
끝날 조짐 안 보이네.

놀이터 빼앗아간 불청객 가수들이
체면도 무시하고 밤새도록 개굴개굴
밤새껏 목청도 좋다
쉬지 않고 계속이다.

어릴 때 초등학교를 졸업하고도 몇 년 동안 집 앞에 논배미가 우리들의 놀이터였다. 논 주인이 모내기를 하고 나면 놀이터가 없어진다. 개구리들이 차지하고 울음소리가 그치지 않는다.

개구쟁이들이 마땅히 놀 공간이 없어졌다가 추수가 끝나고 나면 또 다시 우리들의 놀이터가 되곤 했다.

진달래

봄 맞은 진달래가 꽃바람을 앞세우고
못다 한 사랑애기 살랑살랑 속삭이면
연분홍
치맛자락이
온 산에 펄렁인다.

진달래 새봄아씨 연지곤지 단장하고
그리운 임 맞을 때 봄바람이 살랑이면
수줍은
새색시처럼
나불나불 춤을 추네.

2018년 새봄 진달래 피는 고향을 그리며… 나의 살던 고향은 꽃피는 두메산골 양지바른 언덕 아래 소꿉놀이 할 때에 진달래 아가씨가 연분홍 치마를 입고 아지랑이 봄바람과 춤추며 놀다 가면 철쭉꽃이 만발하는 그리운 내 고향 발산….

옹달샘

먼동이 밝아오면 산토끼가 찾아오고
노루와 고라니도 물마시고 떠난 후에
산새들
노래공연이
새벽부터 왁자지껄

산속에 동물가족 아침조회 끝난 후에
나그네 산책손님 발걸음이 이어지고
옹달샘
찾는 손님이
하루 종일 찾아오네.

요즘은 옹달샘 물은 마시기도 자유롭지 못하다. 산업화로 지하수가 오염됐기 때문이다.

연당소(蓮塘沼)

연당 소 한가운데 자라바위 진지삼고
팬티도 벗은 채로 멱을 감던 친구들이
어디서 무엇을 할까
그때가 그리워라

인간의 이기 속에 잠만 자는 연당소야
지금이 어느 땐데 일어날 줄 모르는가
산실 동 상수리 숲에
꾀꼬리손님 언제 맞나

강산이 십년이면 변한다고 말하지만
어쩌다 가위 눌려 발버둥인 산실동아
그 옛날 송사리 떼와
놀던 때 그립구나.

십 년이면 강과 산이 변한다지만 내가 나고 자란 고향산천이 다 변했다. 동네 뒷산은 아름드리 나무숲이 우거져 있고 부모형제는 어디론가 떠나고 없다.

상수리나무 우거진 산실동 밑에 물 깊은 연당소에서 멱을 감고 몸을 말리던 기암괴석들을 무너뜨려 소를 메우고 그 위로는 길이 나 있으니 천지개벽된 느낌이다.

역귀성

어릴 때 설과 추석 손꼽아 기다리면
느림보 거북처럼 더디기만 했던 터라
날마다
주먹구구로
손꼽는 셈을 했다.

해마다 찾아오는 한가위와 설 명절은
나이가 들고 나선 쏜살처럼 찾아오니
엊그제
맞이했는데
벌써 또 설날이네.

설 명절 찾아오니 어른아이 즐겁지만
거꾸로 역귀성에 노부모는 괴롭겠다
온종일
멀미를 하며
아들 손자 보러 간다.

요즘은 늙은 노부모가 자식들의 귀성비용과 수고를 덜어주기 위해서 서울이나 부산, 도시에 자녀들 집으로 명절을 쇠러 가는 사람들이 많다.

알밤

날씨가 무더운데 문 꼭꼭 잠가놓고
여름내 잠만 자다 늦잠 깬 삼남매가
뒤늦게
부끄러웠나
얼굴이 발개진다.

첫째는 출근하고 둘째는 학교 가고
막내도 잠이 깨어 형님 누나 따라갔나
삼남매
잠자던 집이
텅 비어 쓸쓸하네.

알밤은 대개 3개씩 들어 있다. 성장하면 미련 없이 보금자리를 떠나는 것이 사람하고 같다. 알밤 삼형제가 떠난 집처럼 내가 자란 시골집도 외로이 비어 있다가 흔적도 없이 사라지고 없다. 마당가로 심어진 감나무와 텃밭에 단감나무들이 고목이 되어 있고 마당에는 개망초들이 자라고 있었다.

봉숭아

장마철 지나가면 장독대 사이사이
봉숭아 맨드라미 피었던 내 고향집
오누이
살았던 집에
요새도 곱게 필까.

앙증한 손가락에 물들이던 그때처럼
누이가 사는 곳도 봉숭아물 고우려나
그곳도
여름이 오면
고운 꽃 피고 질까.

어머니가 장독대 사이사이에 봉숭아를 심고 맨드라미도 심으셨다. 여름이면 감나무 그늘에서 맨드라미잎과 봉숭아꽃과 잎을 짓이겨 누이 손톱마다 봉숭아물을 들여 주셨다.

두 모녀가 그곳에서 여름이면 예쁜 손톱에 봉숭아물 들이고 있을는지… 봉숭아 관련 그림과 글을 볼 때마다 어머니와 여동생이 보고 싶고 그리우며 울컥해진다.

보금자리

육남매 나고 자란 보금자리 떠나간 후
모두 다 어디에서 길을 잃고 헤매는가
어이 해
부모형제가
돌아오지 못할까.

깊은 강 건너가고 높은 산을 넘어 가고
얼마나 먼 길이면 편지 한 통 없으실까
가신님
기다리다가
두 남매도 늙었구나.

부모님도 세상 떠난 지가 오래고 6남매 중 둘째 누님과 큰형님은 내가 초등학교 가기 전에 세상을 떠났다. 다음은 남매를 남긴 누이가 뒤를 이었고 바로 위에 형님이 차례로 세상을 떠났다. 형제들도 다 떠나고 큰 누님과 나만 남았다. 한번 세상 떠나면 어이 해, 다시는 못 오는 걸까. 시도 때도 없이 부모형제가 사무치도록 그립고 보고 싶다.

눈이 내리네

남몰래 한밤중에 살금살금 내린 눈이
잠자는 사람에게 밤잠 방해 주지 않고
온 세상 은빛세계로
하얗게 덮여있다.

여름비가 올 때처럼 천둥번개 동반 않고
한밤중 사뿐사뿐 온 세상 내린 눈이
부정한 더러운 것을
깨끗이 덮었구나

어릴 때 눈 온 날은 방안에 갇힌 신세
금족령 해제되길 애타게 기다리던
어릴 때 꿈을 꾸려고
조용히 눈을 감네.

진주지방에 2018년 춘분날 눈이 내리는 것은 이례적이다. 진눈깨비가 아니고 눈으로만 내렸더라면 발등을 덮을 정도도 되었을 것이다. 내가 어린 시절에는 검정고무신뿐이고 양말도 없던 때라 눈 오는 날은 방안에 갇혀 있어야 했다.

눈비 오는 날의 꿈(1)

어젯밤 겨울비가 토닥토닥 요란해서
다음 날 아침 일찍 궁금해서 눈떠보면
빗소리
들리지 않고
쥐 죽은 듯 조용하네.

지난밤 조용하게 사뿐사뿐 내린 눈이
앞마당 뒤란에도 온 세상이 하얗구나.
오호라
친구들하고
재미있게 놀아야지.

겨울비가 내리다가 밤이 되면 기온이 떨어지고 눈이 온다. 요즘도 가끔 고향에서 당시의 눈비 오는 날의 꿈을 꾸는 날이 있다. 비는 그치고 나면 곧바로 풀을 베러나가야 했다. 하지만 눈이 내린 날은 눈이 녹을 때까지 산에 나무하러 가지 않고 놀 수 있으니 좋았다. 아직도 눈이나 비가 내리는 날은 기분이 좋다. 그때의 잠재의식이 남아 있다.

눈비 오는 날의 꿈(2)

여름엔 풀을 베고 겨울에는 나무할 때
비나 눈 주시라고 기도했던 어린 시절
눈이나
비가 내려야
친구들과 놀았었네.

내 어린 시절에는 눈비 오면 좋았다가
눈비가 그친 날은 울며 산에 올랐었지
오십년
흘러갔지만
그때 꿈을 꾸고 있다.

산골 오지에서 나고 자랐다. 학교에서 돌아오면 소에게 먹일 풀을 베러 산이나 들로 나가야 했고 겨울 방학 때는 산에 땔나무를 하러 다녔다.

농자는 천하지 대본

태초에 땀 흘리고 씨앗을 뿌리라는
계명을 지키려고 무리 지은 농경생활
농자는
천하지 대본
우리민족 근본이라

땅 파고 씨 뿌리는 아버지의 한평생은
고사골 높은 재를 팔십 평생 오르내려
천수답
농사방법을
나에게 가르쳤다.

아버지 대를 이어 고사골 재 오르내린
사래 긴 논배미들 버린 지가 감감하니
농자는
천하지 대본
주신 교훈 무색하네.

아버지가 일군 재 너머 천수답으로 6남매가 먹고 살았지만 세상이 변화되므로 천수답과 집터와 밭뙈기도 모두 헐값으로 팔았다.

고향 겨울 풍경(1)

새하얀 낭만으로 온 동리를 덮고 나면
동화 속 하얀 궁전 눈이 시린 은빛 세계
티 없이
하얀 세상에
내 맘도 표백되네.

온 누리 순백으로 채색된 산속 마을
병풍처럼 펼쳐있는 수채화 한 폭이네.
포근한
엄마 품 같은
내 고향 그리워라.

고향마을은 앞에도 산 뒤에도 산 양옆으로 산이 병풍처럼 둘러 있다. 마을 앞으로는 봄에는 대마를 심어 푸르고 가을에는 무, 배추를 심어서 푸르다. 늦가을 단풍든 빨간 잎이 떨어지면 집집마다 감나무에 감들이 붉어 한 폭의 그림처럼 아름답다. 곱게 새 옷 단장한 초가집들이 꼬막 껍데기 엎어 놓은 듯하고 밥 짓는 연기가 일제히 피어오른다.

겨울에는 처마에 수정고드름이 열려 있고 통학생들을 가득 실은 검은 기차가 검은 연기를 품으며 칙칙폭폭 지나갔다.

고향 겨울 풍경(2)

앞과 뒤 옆으로도 병풍산이 둘러있고
산속에 옹기종기 모여 있는 초가집들
밥 짓는 하얀 연기가
온 동네 수를 놓네.

지난밤 내린 눈이 작은 마을 덮고 나면
그림 속 동화마을 은빛설국 펼쳐지고
온 동네 개구쟁이가
마냥 뛰던 고향마을

아침 해 동산 위로 두둥실 떠오르고
해 질 녘 처마에는 고드름이 주렁주렁
내 고향 동화마을에
꿈에나마 가보려네.

순천 전주 간 고속도로를 타고 가면 평야는 보이지 않고 터널들뿐이다. 아마도 구간 터널을 찾아보면 전국에서 제일 많을 줄로 안다. 순천에서 구례 사이에 있는 황전면에 고향마을이 있다.

꿀 감자

내 고향 남쪽지방 구랑골 황토밭에
황토색 꿀 고구마 그 맛은 최고일세.
꿀 감자 꿀 고구마가
예나 지금 감자였지

내 고향 남도 땅에 부모형제 오랫동안
대 이어 살게 했던 꿀 감자가 고구마지
꿀 감자 밤고구마나
아무러면 어떠리.

어렸을 때 삶은 고구마를 먹으면서 부르던 노래다.

누이야 감자 삶아라 괴목장에 팔러가자
감자는 네가 팔고 오빠는 돈을 받고
얼씨구 잘도 팔리네 절씨구 잘 팔리네.

---

*글 속에 감자는 고구마를 말한다.

해남산 꿀 고구마가 유명하다지만 내 고향에 황토밭 고구마는 맛있었다. 내가 태어나 70년 가까이 감자라고 불렀던 고구마다. 아직도 내가 자라던 고향에는 고구마를 감자라고 부른다. 택호를 해남떡 순천떡이라고 부르는 것과 같다. 해남댁 순천댁의 택호(宅號)인 댁을 '떡' 자를 붙여 사용한다.

지난 삶을 돌아보며 쓴 빛나는 자전적 시조작품이다

■ 김달호(한국시조협회 부이사장)

강병선 시조시인은 회갑이 넘어 글을 쓰기 시작했다고 한다. 글을 쓴다는 것은 자신을 돌아보며 반성하고 자아실현 욕구를 실현하는 것이다. 또 다음 세대에 남기고 싶은 뜻을 전하고 싶은 일일 것이다. 시조 200수를 메일로 받아 읽어보니, 그중에 가장 많은 작품 속에 흐르는 큰 줄기는 시간을 아껴야 하겠다는 것이다.

그다음으로 많은 작품은 정치 평론 같은 글이었다. 정치가라면 정치적인 소신은 좋으나 정치적 흐름을 문학작품에 녹이는 것은 다음 기회에 하면 좋겠다고 했다.

영국의 옥스퍼드 사전에서 정치(Politics)라는 단어를 찾아보면, "정치는 더러운 거래다(Politics is a dirty business)"라는 예문을 보고 나는 정치에 대한 거리감을 두게 되었다.

물론 노벨문학상을 받은 밥 딜런에 대해서 "노래는 그를 정치로 이끌었고, 정치는 그가 노래 창작 재능을 펼치게 해주었다"는 말이 있듯이 시조창작에 도움이 되었을 수 있다. 그러나 단순 비판만으로 그런 경지에 오를 수 없을 것이다. 큰 흐름으로 이끌어 내는 정신으로 숙성시킨다면 가능할 수 있을지도 모른다. 마지막으로는 가족에 대한 사랑이다. 그리고 태어난 고향 순천과 삶의 텃밭이 된 진주가 그 배경이다.

강병선 시조시인의 가장 크게 다룬 주제인 시간이 얼마나 중요한지 한마디로 말한다면 "촌음을 아껴 쓰라"는 한마디다. 김천택의 시조를 생각하게 한다.

잘 가노라 닷지 말며 못 가노라 쉬지 말라
브데 긋지 말고 촌음을 앗겻슬아
가다가 중지곳 하면 안이 간만 못한이라

첫 페이지에 대면하는 '황혼'에서 나오는 〈고독한 나그네〉에는 시간은 빨리 지나가는데, 다시 돌아오지 않음을 안타까워하고 있다.

고독한 나그네와 동행하면 좋으련만
외로운 일엽편주 하늘바다 홀로 가네
뒤 돌아 보지도 않고 앞만 보고 가는구나

회갑이 지난 후에는 자신보다 앞서가는 시간을 아쉬워한다. 자신에게 주어진 1분 1초는 흘러가면 다시 돌아오지 않음을 안타까워한다. 작품의 거의 반이 세월에 대한 주제다. 시의 내용을 보지 않더라도 작품의 제목만으로도 그 내용을 짐작할 수 있을 정도다.

〈어느덧 황혼이다〉, 〈황혼 일기〉, 〈황혼 길〉, 〈황금연못〉, 〈일장춘몽〉, 〈신기루〉, 〈세월을 아끼고 싶다〉, 〈세월은 강물처럼〉, 〈세월의 짐〉, 그리고 〈모두 다 늙은이다〉 등 많은 부분이 여생에 대한 시간을 허투루 쓸 수 없다는 다짐이다.

그리고 다음으로 많이 나온 주제는 '가족 사랑'이다. 그리고 자신의 성찰이 대부분이다. 부모님에 대한 사랑과 형제애 넘치는 작품은 〈홍시〉다.

남매가 잘 익은 것 날름날름 받아먹고
어머니 입에 넣어 주려 하면 돌아서네
뱃속이 더부룩하다 하신 말씀 정말일까

이러한 내용을 담은 작품 역시 작품의 제목만으로도 충분히 이해할 수 있으리라 본다. 〈형제〉, 〈함흥차사〉, 〈피는 물보다 진한 것〉, 〈큰누님〉, 〈찔레꽃 당신〉, 〈울 엄니〉, 〈어머님 가신 곳〉, 〈사모곡〉, 〈부모형제 계신 곳〉, 〈부모〉, 〈보금자리〉, 〈보고파라 울 엄니〉, 〈당신 모습〉 등 수없이 많은 시조가 부모님 그리고 큰누님을 그리는 작품이다.

세 번째 주제는 다시 정치적인 작품을 재정리한다는 전제하에 고향과 인생 제2막을 노래하는 고향 순천과 진주를 주제로 하고 있다. 할아버지에서 아버지로 물려 준 가난이 자신에 이르는 과정에서 많은 회한이 있었을 것이다. 지금의 70대는 물론 60대에도 학교도 제대로 못 가는 것은 물론 밥만 먹여주면 식모살이도 마다하지 않았던 시대의 삶이 어찌 아름답다 하겠는가! 60년대는 아프리카의 가나 수준이었다. 이런 한이 서려 있는 글이 〈한〉이다.

구두쇠 영감노릇 이제는 지겹구나
가난에 찌든 삶을 언제쯤 벗어날까
황새들 노는 곳 가서 뱁새도 놀고 싶다.

이런 고난을 딛고 전남 순천에서 경남 진주로 이주했다. 지금은 문학세계에 진입하였으니 참으로 대단한 열정과 노력이 있었음을 짐작하고도 남는다. 그래서 〈진주에 첫눈〉, 〈진주 남강〉 그리고 〈유등〉

등 작품을 올렸다. 고향에 대한 그리움으로 〈겨울 고향풍경〉은 유년 시절의 추억이 서려 있다.

온 누리 순백으로 채색된 산속 마을
병풍처럼 펼쳐 있는 수채화 한 폭이네
포근한 엄마 품 같은 내 고향 그리워라

강병선 작가의 고향 순천은 참 아름다운 도시다. 순천만 갈대밭은 계절마다 가 보았던 거 같다. 갈대밭 끝자락에 있는 용산에도 대여섯 번 올랐으니 순천은 안 보고 그림으로도 그릴 수 있을 정도다. 또 진주에서 남은 인생을 손주들 재롱을 보면서 보내는 것이 아름답다는 생각에서 발문을 써 달라는 부탁을 흔쾌히 수락했지만 막상 펜을 잡으니 생각과 달리 쓰기가 참 어렵다.

작품 〈유등〉은 임진왜란 당시 통신을 위해 등을 남강 물에 띄웠다는 데서 유래한다. 임진왜란 때 해전에서는 이순신 장군이 육지전에서는 김시민 장군의 진주성 대첩이 처음으로 전쟁의 승패를 가르는 계기가 되었다는 의미에서 행주대첩과 함께 3대첩으로 불린다.

의암에 낙화해서 환생을 한 가락지는
산화한 영혼 찾아 유등 불 밝혀 들고
끝없는 머나먼 길을 밤새워 가고 있네.

강병선 작가는 제대로 학교에 가지도 못하였지만, 작가로서 문단에 등단하여 배우지 못한 사람들에게 삶의 등불이 되고자 하는 작가 정신을 높이 평가하고 싶다.

감사의 마음을 전하며

초등학교 5학년 때입니다. 담임이신 '차상우 선생님'께서 국어시간이면 곧잘 짧은 글짓기를 시키시면서 직접 발표를 하게 하셨습니다. 유독, 나에게만 발표를 많이 하게 하시면서 "병선이는 글짓기에 소질이 있어 부지런히 공부하면 이다음에 훌륭한 시인이 되며 작가가 될 수 있다"는 말씀을 하셨습니다.

이때까지의 돈을 많이 벌어 동네 앞에 넓은 들판에 논을 사서 농사를 짓겠다는 꿈은 뒤로하고 글을 쓰는 작가가 되겠다는 꿈으로 바뀌게 되었습니다. 그렇지만 우리 속담에 목구멍이 포도청이라는 말이 있습니다. 나의 꿈을 실현시키기에는 처해진 환경이 호락호락하질 않았습니다. 글을 쓰는 작가의 꿈은 나에게는 사치스런 허황된 꿈이었습니다. 결혼하고 자식을 낳아 기르며 먹고 사느라 초등학교 때 꿈은 까마득하게 잊었으니 말입니다. 환갑이 훨씬 넘고 나서야 쌍둥이 손주녀석들을 키우면서 초등학교 때의 꿈을 깨달았습니다.

글쓰기에 체계적인 교육을 받은 적이 없었습니다. 무턱대고 시를 쓰고 남이 보기에 형편없는 수필을 쓰고 소설을 정신없이 썼습니다. 어찌했거나 시인이 되고 수필가가 되었으며 소설가라는 타이틀을 땄습니다. 작년부터는 다른 장르의 글은 뒤로 밀쳐놓고 시조 쓰기 삼매경에 빠졌습니다. 작년 한 해 동안 명색이 300여 편 넘게 쓰게 되었으니 하루에 한 편씩 쓰게 된 셈입니다. 대부분이 내가 살아왔던 한을 풀어쓴 것들이라 작품성에 대해서는 아쉬움 뿐입니다. 세월, 인생살이, 황혼, 어머니, 고향에 관한 것들이 대부분입니다. 쌓였던 한을 풀어내기에는 시조가 적성에 맞았습니다.

몇 년 전 글쓰기를 시작하면서부터 컴퓨터 속에서 잠자고 있는 10여 권 분량의 글들은 모두 내가 태어나고, 어린 시절을 보내면서 지금까지의 한 맺힌 삶을 풀어쓴 것들입니다. 그 와중에도 작년에『농부가 뿌린 씨앗』이란 제목으로 낸 처녀 수필집도 내가 겪은 한스런 얘기들로 채웠습니다. 물론 시와 수필들로도 한스런 얘기들을 풀어쓸 수 있지만 3장 6구 12절의 3 ·3 ·4 ·4, 4 ·3⑷, 3 ·5~7소절로 이루어진 ㈔한국시조협회가 권장하는 정형시조가 격이 맞을 것 같아 이번에 처녀시조집을 내게 된 것입니다.

어렸을 때 어머니의 일하시는 모습을 보고 따뜻한 목소리를 들었습니다. 어머니께서 베틀에 올라앉아 육자배기도 아니고 유행가나 가요도 아닌 것을 노래처럼 부르고 계신 것을 자주 듣고 자랐습니다. 지금 생각하니 한스런 인생살이를 읊으셨던 시조에 가까운 것들이었습니다. 눈감으면 그려지는 어머니의 한을 풀어쓴 것도 몇 편 들어있습니다.

끝으로 작년에 사단법인 한국시조협회 상반기 신인문학상 시상식에서 ㈔한국시조협회 김흥열 이사장님을 비롯한 모든 분들이 따뜻하게 맞아주시며 축하를 해주신 것을 감사드립니다.

진주가 고향인 김달호 한국시조협회 부이사장님께서 각별하게 맞아주시고 여러모로 신경을 써 주셨습니다. 이번에 첫 시조집인 『세월』을 내면서 서문이나 발문을 부탁드렸더니 흔쾌히 승낙해주셨습니다. 다만 작품 속에 정치를 풍자한 것들이 많아서 맘에 상처를 받을 독자도 있을 것 같다는 말씀에 정치인들이 민감해 할 작품들은 빼고 다른 것들로 채웠음을 밝힙니다. 여러 방면으로 좋은 말씀을 주신 김달호 부이사장님께 감사드립니다.

가난한 빈농의 아들로 태어나 구차한 인생살이를 하면서 한스러운 노랫말을 중얼거렸던 것들을 컴퓨터 앞에서 꿰맞추다 쌓이고 쌓인 것들이 이번에 『세월』이란 제목으로 첫 시조집을 내게 된 것입니다.

가난한 문학의 햇병아리에게 물심양면으로 배려해주신 모든 분들에게 감사드리며 '도서출판 지식공감' 김재홍 사장님께도 깊은 감사를 드립니다.

2019년 4월 진주 선학산 아래에서

강병선